LA TELEPATÍA NACIONAL

Charco Press Ltd.
Office 59, 44-46 Morningside Road,
Edimburgo, EH10 4BF, Escocia

La matrícula del catálogo CIP para este libro se encuentra disponible en la Biblioteca Británica.

ISBN: 9781913867881
e-book: 9781913867898

www.charcopress.com

Edición: Carolina Orloff
Diseño de tapa: Pablo Font
Diseño de maqueta: Laura Jones-Rivera

Roque Larraquy

LA TELEPATÍA NACIONAL

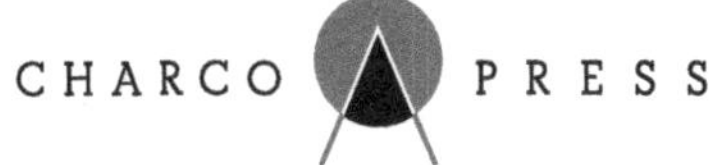

La escuela de los psico-fisiologistas con Taine, C. Richet, A. Binet, P. Janet, etc., admite al presente que la escritura automática se produce en ciertos sujetos, pero lejos de atribuirla a la intervención de una inteligencia extraña, no ve allí más que la simple sintomatología de una enfermedad mental, una separación de la personalidad. En las personas que escriben de ese modo, se ha producido una escisión en su conciencia, de suerte que una parte del Yo piensa de manera distinta que la personalidad normal e involuntariamente traduce ese pensamiento por medio de la escritura. Esta extravagante explicación ha sido imaginada luego de dos décadas y se ha dado a esta segunda parte desconocida de la conciencia ordinaria, los nombres más diversos: Inconsciente, Subconsciente, Segunda Personalidad, Conciencia Subliminal, etc.

Gabriel Delanne
Investigaciones sobre la mediumnidad
París, 25 de febrero de 1900

El perro se lame el ano y lame la mano del amo.

Trabalenguas popular

ÍNDICE

UNO

PERUVIAN RUBBER COMPANY

Iquitos. 5 de agosto de 1933

Señor Amado Dam, con estas referencias me presento a su servicio. Me especializo en ciencias de la raza. Recolecto indios en la Amazonia peruana para la Peruvian Rubber Company desde 1902. Los indios trabajan con nosotros en extracción de caucho y gomas silvestres.

Los busco con un cartógrafo y un equipo militar de doce hombres que abren con machetes la mata enlazada. Los indios viven nublados de moscas, mordidos. La selva es el único estímulo librado a su experiencia y nunca vieron al hombre blanco. Creen que los rifles nos salen del brazo, que somos muertos, o animales con piel de cerdo y apariencia humana, o humanos deformes.

Presentarse ante ellos en sumisión, ofreciendo comida, como hacían los primeros recolectores, es un error que costó muchas bajas. Disparamos al aire para anunciar el miedo del primer contacto, que nos salva la vida.

En general son pacíficos, pero hay pueblos duros. Traté en condición de guerra con la tribu de los moene, que hace emboscadas silenciosas y mata sin dejarse ver. Llevan el pene sujeto a un cintillo de fibra anudado a la cintura, con los testículos muy a la vista, a veces decorados, y cultivan el sigilo del movimiento entre las ramas, pero en un descampado y cara a cara redujimos a cincuenta de a una patada por indio.

Se les ofrece emigrar al norte o trabajar para la empresa.

En el tiempo del traslado hasta la zona de extracción les damos palabras cristianas y un repertorio de gestos nuevos. Señalar con el dedo lo que quieren, no sacar la lengua, no tocarse.

No contamos con mano de obra esclava. Les pagamos con raciones de comida y ropa porque están privados de la idea del dinero, y casi no saben de propiedad, aunque son dados al robo, como las hienas.

Peruvian Rubber Company le brinda lo que busca en las condiciones de transparencia y conformidad con las leyes del estado soberano del Perú que usted exige. Confiamos en que lo dejaremos satisfecho con el envío.

Le recordamos que Peruvian Rubber Company no se hace legalmente responsable por los indios mientras pisen suelo argentino.

Cuente con nosotros para futuras provisiones.

Respondo al cuestionario que recibimos de usted sobre características de los indios y estipulación del contrato entre los indios y usted.

Los indios que le envío son diecinueve, doce hombres de entre quince y treinta años, y siete mujeres en edad fértil. El conjunto se obtuvo en la frontera con el Brasil. Suponemos por el parecido que hay tres hermanos varones, y una posible madre que recibe trato especial de los demás, pero no hay manera de certificarlo porque comparten la simiente viril como un bien comunitario.

En el conjunto había un bebé de tres o cuatro meses que preferimos apartar y dejar al cuidado de otros indios establecidos en los gomales. No era prudente lanzarlo al viaje. Los indios no advirtieron la ausencia del bebé, ninguno lo lloró.

No tenemos gestos en común, ni siquiera el del saludo con la palma en alto. Para saludar, los peira hacen la mueca de olerse los sobacos y caer desmayados por el olor. Otros muestran el ano. Los arache, que son enanos y viven con los pies sumergidos, se tapan la cara. No reconocimos uno solo de estos gestos en el conjunto que le envío.

No hay sonido de su idioma que evoque algo remotamente familiar. Me ha llamado la atención que no hablan por ocio, y que los diálogos más largos son los que siguen a la caída de un trueno o cualquier otro hecho fortuito que los despierta al habla.

Una característica desagradable que querrá saber de antemano es que no son capaces de retener la orina mientras duermen. No supone problema en su entorno natural, porque drena en la tierra, pero sí en superficies impermeables. Los cerebros desarrollados producen la orden de despertar para evacuar la vejiga, algo fundamental para la vida moderna. Este grupo humano es de lo más primitivo que podría obtenerse en la zona, como usted expresamente pidió.

Logramos mantenerlos aislados de los blancos y de la palabra de Dios, como también pidió, pero fue imposible hacerles entender la naturaleza fina del contrato que usted propone, porque para eso deberían conocer la idea de ley, de país, y antes la de diferencia, de la que están capados por la endogamia, pero sí entienden que no los obligamos a vestirse, ni los hacemos trabajar, ni les pedimos nada a cambio, salvo estar donde les digamos. La parte medular del acuerdo, entonces, está comprendida.

Desde que los encontramos no hicieron rituales ni ceremonias. Nos mantuvieron alejados de una pieza de madera que parece un cascarón o la base de un árbol. La llevan a la rastra a todos lados con una negligencia que se pensaría inadecuada para un objeto de culto, pero los dioses de esta gente del Amazonas, al igual que sus consciencias, son anteriores a la forma, por eso la embalamos con precaución especial y la sumamos al lote solicitado por usted, que paso a detallar:

La referida supuesta pieza de culto.

Una colección de collares de cuentas.

Una colección de agujetas nasales de madera negra.

Una humilde colección de armas compuesta por dos lanzas y una cerbatana con cruces y líneas tajeadas en la superficie y realzadas con pigmento negro, el mismo que usan para tatuarse la piel, pigmento que no pudimos conseguir porque no guardan nada, no conservan nada, comen de a puñados y beben directo del suelo. Esto también explica el faltante total de alfarería en el lote.

Se agregó una bolsa de huesos que van dejando por ahí después de comer, para que los estudie usted a su criterio.

El viaje programado es el siguiente: desde Iquitos, por tierra, cruce de la frontera del Brasil, hasta Tonantins;

en barco por el Amazonas hasta Manaos; trasbordo en el buque Sertoes, tercera clase, con paradas en Fortaleza, Recife, Rio de Janeiro, Montevideo y entrega final en Buenos Aires, entre el 22 y el 30 de septiembre. La duración estimada es de cuarenta días.

Por motivos personales de máxima urgencia estaré ausente al momento de la entrega. Sepa disculpar cualquier inconveniente.

Suyo,
D. Ontivero
Peruvian Rubber Company

Pd: contamos con un conjunto de negros africanos recién llegados al Brasil que acaso se ajusten a las condiciones de su novedoso emprendimiento. Si le interesa, no dude en comunicarse para organizar un nuevo envío.

ASISTENTE DE AMADO DAM
Buenos Aires. 19, 20 y 21 de septiembre de 1933

Llegaron los indios. Vamos al puerto con Dam a recibir a los indios.

Dam pide que le pida al chofer que vaya más rápido. Desde que despidió al anterior evita el diálogo directo, para no encariñarse.

Llamaron del puerto a las seis de la mañana. El barco llegó antes de lo previsto. No hubo tiempo para desayunar o peinarse. Al salir nos cruzamos al cartero con el sobre grasiento de la Peruvian Rubber Company y Dam dijo que prefería leer la carta en el camino, pero ahora dice que el movimiento del automóvil le impide leer y pide que lea para él.

Mi lectura es casi perfecta, salvo un titubeo inicial en la pronunciación de *rubber*.

El contenido de la carta lo indispone. Saco del maletín la fragancia mentolada que usa cuando hiede porque está nervioso. Alza el cuello sin mirarme y permite que lo rocíe. Un corcovo del automóvil sobre el empedrado desvía mi mano cuando aprieto el pulverizador. La nube de menta en la cara lo hace toser. Dice que soy un estúpido. Hay que abrir las ventanillas. Con el viento la fragancia se dispersa en la cabina y nos perfuma al chofer y a mí.

Es la primera vez que subo a un barco. Seguimos al capitán hasta la bodega. Tampoco había visto de cerca a un capitán. Los indios hicieron el viaje encerrados acá abajo, en esta pocilga. Un disgusto. Le recuerdo al capitán que el señor Dam pagó para que los trajeran en camarotes de tercera clase.

El capitán dice que no pudo hospedarlos en tercera porque no quieren vestirse. Los puso en esta bodega, los hizo atender. En dos oportunidades despejó la cubierta para que subieran a ver el mar, pero no quisieron. Comieron la misma comida que el resto de la tripulación, y se arrepiente de ese gesto igualitario porque los primeros días dejaron la bodega estallada de excremento. De todas maneras los hizo baldear una vez por semana porque es un hombre de bien y cree que ellos mismos se lo pidieron con la mímica de un nado bajo el agua.

Dam pide que enumere para el capitán las deficiencias en el servicio por el que pagó. Improviso: los indios no tuvieron acceso a los mismos servicios que el resto de los pasajeros de tercera clase. Hicieron el viaje en un reducto sin ventanas, muertos de frío, en condiciones sanitarias inaceptables.

El capitán repite *inaceptables* en un tono burlón, como si mi voz tuviera un matiz quejoso de mujer o de invertido.

Se va el encandilamiento que traemos de cubierta. Veo mejor al capitán, veo una porción de los indios sentados en un rincón de la bodega, las piernas lampiñas, los genitales.

Tienen tatuajes y escarificaciones en la base de la nuca que bajan a lo largo de la columna y se hunden en las nalgas. Con la luz artificial se ven azulados.

Cómo les explicamos, sin lengua en común y contra toda evidencia, que no están cautivos ni al servicio de nadie. Bienvenidos, me gustaría decirles. Se me ocurre que alzando los brazos en gesto de abrazo general entenderán la idea.

No tienen apellido estos indios. El oficial de Migraciones dice que no puede registrar su ingreso al país si no tienen apellido. Nos muestra los documentos de identidad con el nombre original de cada uno (Moé, Itete, Pirá, la lista entera balbuceada) y un nombre cristiano entre paréntesis, que según los sellos es traducción fiable del primero. Itete, por ejemplo, es Juan. Pero no hay apellidos. Por este asunto Migraciones puede recluir a los indios en cuarentena con otros extranjeros indocumentados.

Dam me dice que el embajador del Perú se hizo fama de impresentable en una gala presidencial en el Teatro Colón. Ha cruzado con él algunas palabras, es un buen hombre. Pide que llame a la embajada, que diga que llamo de parte del señor Amado Dam, que enarbole su apellido, que blanda su apellido como una espada contra la burocracia del Perú.

La espada, la burocracia. Ya tiene la cara que pone cuando recupera el buen humor.

La embajada del Perú promete por teléfono un diagnóstico del problema y una solución en menos de cinco horas.

Nos llevan al cuarto del Hotel de Inmigrantes donde pusieron a los indios. Dam mandó traer un silloncito que vio en la recepción del hotel y lo está haciendo arrastrar hasta un ventanal.

Los indios no giran para vernos ni reaccionan con el ruido del sillón.

Dam dice que esta indiferencia es un gesto bastante civilizado de confianza, porque entienden que no vamos a hacerles daño.

Cómo podrían saberlo. Para mí es un gesto de bravía.

Dam ocupa el sillón y le pide al botones que nos deje solos y cierre la puerta. Me invita a sentarme en el apoyabrazos. Quiere ver si podemos compartir un mismo espacio con los indios sin necesidad de custodia.

Le recuerdo que yo ya contraté a la agencia de seguridad Sánchez Jaruf & Hermanos hace una semana.

Me toca el mentón. Esos turcos de mierda debieron habernos escoltado al llegar y estar ahora en esta sala con nosotros, protegiéndonos, si yo hubiera pensado un plan de contingencia, cuando es claro que no soy previsor ni conozco la palabra contingencia.

No es verdad.

Es él, que está para otra cosa, el que se hace cargo y cuida de los dos.

No hubo manera de comunicarse con la agencia porque acaban de mudarse a una nueva sede y no les instalaron línea telefónica.

No debí haber contratado una agencia sin teléfono. No entiende por qué entre todas las opciones que ofrece la ciudad elegí la más rudimentaria. No estamos en El Cairo. Menciona el monto exacto de dinero que cobro por mes. Dice que no tengo olfato para contratar a nadie, porque también fallé con la compañía que mandó a los indios a la buena de dios.

Le arden los ojos, había como un polvo de pimienta en la bodega del barco. Pide que libere el apoyabrazos, se acomoda en el sillón y no vuelve a mirarme.

Las soluciones del embajador del Perú tardan unas tres horas en llegar en esta carta, y la recibimos en la misma posición, sin haber cruzado una palabra.

Pide que la lea para él.

> Querido amigo señor Dam, advertirá por mi tono y la ausencia de membretes oficiales que esta carta expresa una cálida voluntad personal de arbitrar los medios necesarios para la prontísima solución del problema remitido a la Embajada por Usted. Le ruego me disculpe por no asistir en persona y por el alcance limitado de las opciones que le ofrezco, sujetas como yo a las leyes soberanas de la República del Perú.
>
> Los indios pueden evitar la cuarentena si permanecen en el territorio de la Ciudad de Buenos Aires con la anuencia de un responsable legal de nacionalidad argentina. La regularización de los documentos no puede superar los diez días hábiles a partir de hoy, contra cláusula de deportación.
>
> Me comprometo a hacer encontrar esos apellidos faltantes donde se hayan perdido. Con la ayuda de Dios Nuestro Señor acaso pueda llevarle a usted estos apellidos antes del plazo estipulado por ley.
>
> Mis cordialísimos saludos.

Dam pide que anote. Hay que reprogramar el traslado de los indios a la finca de Tandil para dentro de dos semanas. Lo razonable sería calefaccionar el comedor del Frigorífico Dam y ponerlos ahí, sin vecinos, en la zona fabril de Hurlingham, pero es fuera de la Capital. Por el bien del proyecto se hace todo conforme a ley. Conforme a ley, ¿me quedó claro? A cambio está evaluando la idea de llevarlos con nosotros a su piso de Recoleta. Le parece una buena oportunidad para observarlos de cerca y tenerlos a resguardo. Convivir un rato. Quiere demostrarle al Comité que responden buenamente, que son sensibles a la cortesía.

Pero no sabemos si tienen esa sensibilidad.

Dice que en estas dos horas aprendieron a ponerse en fila, por orden de nadie, y a cubrirse con las manos, y que soportaron la espera como caballeros. Son muy despiertos. Hay que ponerlos en el ala de servicio, como hizo Hunt con los igorrotes.

Le recuerdo que Hunt tenía una esposa filipina que podía comunicarse con los igorrotes. Es una gran diferencia. Hunt ya era viudo cuando llevó a los igorrotes a Nueva York. No tengo que decir pavadas. Y mientras estuvieron con él todo anduvo bien.

Pero los llevó a una casa enorme, con jardines. No los puso en un décimo piso sobre Callao y Santa Fe.

Ya lo tiene decidido. Va a traer a los indios con nosotros. Pide que le pida a las mucamas que desalojen el ala de servicio. El Comité no puede saber que los tenemos en casa, no antes de resolver el tema de los apellidos. Hay que traer al mejor experto en lenguas para que descifre el idioma, sacarles la información mínima para reencauzar el proyecto. Seguramente no tengo idea de dónde conseguir un experto así y él mismo va a tener que hacerse cargo, como siempre. El proyecto entero en crisis por mi imprevisión.

Como el acceso del Hotel está lleno de tanos y polacos de mierda no podemos acercar el camión a la puerta y para llegar a la avenida tenemos que cruzar el gentío con los indios en pelotas. Las madres blancas tapan los ojos de sus crías. Los indios no miran a nadie. Colaboran, suben mansos al camión. Dam me dice al oído que son mansos porque confían en nosotros.

Para mí es porque el camión está quieto y lo entienden como parte del piso. Es esperable que al cerrarse se les haga jaula, o que al moverse les parezca vivo. Pensar como ellos es pelar los hechos hasta su mínima consistencia, desandar, como decía Hunt.

Agradece que yo quiera pensar como los indios. Lo ideal, entonces, es que los acompañe en la caja del camión, que "desande" con ellos hasta Recoleta, en igualdad de condiciones, como muestra de humildad. Pensó en subir él mismo, como anfitrión, pero no hay nadie del Comité para atestiguar. Si lo hace es como si nunca lo hubiera hecho.

El arranque del camión trae mareo general, un intercambio de palabras como escupidas entre dos de las mujeres, suspiros, nada grave. Después se callan todos, empecinados en su embeleso, cerrados.

Veo la araña tejiendo las primeras líneas de una red en el techo del camión, sobre mi asiento. Me duerme el trabajo de la araña. Yo, dormido entre ellos.

Sueño que soy mujer y una mujer más joven me contrata como mesa auxiliar en un tugurio del puerto, para que los clientes jueguen a las cartas sobre mí. Despierto con el puño cerrado y al abrirlo veo que la maté. Algo la atrajo, un resto de azúcar o mugre, un sabor del que no pudo sustraerse.

El indio sentado junto a mí me señala la cara y me dice algo. No sé si son palabras. Se inclina y busca mis ojos con la mano en pinza. Mi salto defensivo le causa gracia. Los otros indios también se ríen.

En el reflejo de la ventanilla veo que llevo anteojos. Están ladeados, a punto de caer. Parece que el indio quiere enderezarlos. Los tomo a tiempo, los guardo otra vez en mi bolsillo. Me los pusieron mientras dormía. No hay otra explicación. Me sorprende menos la posibilidad de que tengan sentido del humor que la delicadeza del hurto y que hayan entendido que los anteojos debían colgar de mi nariz, cuando es innegable, si uno desanda, que la forma de los anteojos no es inmediatamente clara con respecto a uso y ubicación.

Con un pañuelo me limpio la araña de la mano.

Dejamos a los indios dormidos en el camión para organizar la subida hasta el departamento. En la entrada nos esperan los custodios. Dam pide que enumere para ellos las condiciones del trabajo por el que se les paga.

Tienen que velar por nuestra seguridad y la de los indios. Tratar de no tocarlos. Dirigirse a ellos en un tono respetuoso. Alimentarlos. Tenerles paciencia. Transportarlos cuando sea necesario. Limpiarlos.

Los custodios proponen subir a los indios en grupos de tres por la escalera hasta el décimo piso.

Dam prefiere hacerlo en ascensor, para no alarmar a los vecinos. La capacidad máxima es de cuatro, tres indios más un custodio. Me guiña un ojo y dice que es esperable que el ascensor se les haga jaula o que al moverse les parezca vivo. Hay que subir con un balde por si vomitan. Si se ponen violentos el mismo balde sirve como defensa.

Me adelanto y subo por escalera. Las mucamas desalojaron los cuartos de servicio y amontonaron sus cosas personales en la cocina. Venancia se hizo un lío con mis órdenes por teléfono. Cortó convencida de que el traslado era la antesala de un despido y les pidió a todas que hicieran las valijas y la ayudaran a hacer la suya, porque casi no ve.

Antes de saludarlas aclaro que nadie va a perder su trabajo.

Una exaltada pide la presencia del señor Dam. No acepta ser despedida por mí, no responde a mí.

Repito que nadie va a perder su trabajo. Fue un malentendido de la querida Venancia.

Otra exaltada dice que tampoco responde a mí. Una tercera llora.

Es al revés. Al revés. Van a recibir un aumento del treinta por ciento por jornada mientras dure la estadía de los invitados, un máximo de diez días. En breve el señor Dam presentará a los invitados.

Dam saluda a cada una por su nombre de izquierda a derecha. A veces lo hace según el rango, de asistentes para arriba, es muy memorioso. Pide compostura y don de gentes para una tarea especial, una experiencia metropolitana de convivencia entre distintos que ningún empleado de servicio debería perderse, la oportunidad de convertirse en las mucamas mejor calificadas de Buenos Aires, y abandonarlo si quieren, ingratas, por gente más rica que él.

La mayoría no entiende que ingratas es un chiste y Dam sonríe explicativo y fuerza una carcajada general, con lo que le cuestan estas cosas. Pide que enumere para ellas las condiciones del trabajo.

Contacto mínimo con los invitados. Mantenerlos

bajo llave y no abrir la puerta sin asistencia del personal de seguridad. Alimentarlos seis veces por día, raciones extra si quieren más, estómagos contentos. Tolerancia ante orina y excremento: enseñarles a usar el baño es contrario al proyecto. Al parecer duermen en el suelo, así que está bien tirar unas mantas en los cuartos de servicio. No más de cuatro por cuarto, mujeres y varones por separado. Las ventanas cerradas hasta que terminen de calibrar a qué distancia están las cosas lejanas de la ciudad y la idea de un décimo piso.

Ahora, aseo y desinfección de las mujeres. Del aseo de los hombres se ocupan los custodios.

Dam dice que la parte central del acuerdo es el secreto. Que el secreto no encubre ilegalidad. Que no hace falta que les recuerde quién es y cuáles son los valores por los que se lo conoce y aprecia. No deben hablar de esto con nadie por fuera de él, de mí y de los custodios. No deben hablar de esto frente a un proveedor, ni contárselo a una amiga, ni a nadie en la familia, ni confesarlo en la iglesia, porque no es cosa de pecado.

Venancia hace que las indias se bañen en las duchas del baño de empleadas. Son indiferentes a la luz eléctrica, a los muebles Luis XV, a los objetos rectos, al agua caliente, pero las conmueve el jabón, y se dejan frotar por la vieja con un deleite impropio que reconozco en labios mordidos y ojos en blanco. Entonces sí hay gestos universales.

Por pedido de Dam a los indios se los limpia en el baño principal. No les molesta ser tocados por los custodios, que los dejan relucientes. Tanto problema con tocarlos o no tocarlos.

Yo mismo los llevo a sus cuartos, los invito a tenderse en las mantas.

Tienen trazas de musgo en los talones y entre los dedos. Estos son sus pies en estado de máxima higiene, desinfectados. Elijen estar desnudos en la selva, entre cosas cortantes, podridas, los venenos del mundo animal y vegetal. Más me escandaliza que en un espacio seco y cuadrado como este no sientan la inconveniencia de seguir desnudos. Qué pueblo, qué gente inerte se deja arrancar de su tierra sin dar pelea.

Leí en una revista de Dam que los mamíferos dormidos perciben que están siendo observados y despiertan para defenderse, porque la mirada es una materia que toca las cosas. Los indios no se despiertan mientras los miro. Es interesante para iniciar una charla con Dam.

Dam dice que llora el bebé.

¿Qué?

Se le endurece la lengua y la saliva queda sin contención. El llanto de un bebé. El que menciona la carta. Entre los bultos de los indios, en la biblioteca.

Debe ser una rata del barco.

No es una rata. Es el bebé, lo trajeron oculto con ellos y lo olvidaron porque no tienen memoria. Para qué tendrían memoria si la selva es siempre igual. Por eso nadie lo lloró.

Insisto con la rata.

Hay que liberar al bebé. Pide que lo acompañe a desembalar ahora. Ya vio que estoy por dormir, y se disculpa por haber entrado a mi cuarto sin llamar, pero hay que hacerlo. ¿Qué estoy leyendo, una revista de espectáculos? Tiro la revista por ahí, listo para él. Qué bien me haría decirle que leo sus libros cuando no está, que llevo más de tres estantes y voy por más, pero ya gasté el dinero que encontré en el atlas político mundial. Le pregunto si hay tiempo para ponerse los zapatos.

Pide que busque guantes y un martillo, por si no es un bebé. Dice que el parquet está impecable. Podemos ir en medias. Él también está en medias.

Vamos a la biblioteca. Señala la caja rotulada "pieza de culto". Dice que el llanto salió de ahí.

Mientras buscamos la llave de la caja, que según él yo perdí, no oímos nada raro. No sé si las ratas pueden hacer silencio a voluntad. Por el momento pareciera que es el caso.

Dam me palpa porque cree haber visto el relieve de una llave en el bolsillo de mi pantalón. Hurga, hurga y la saca. Adentro de la caja hay una cosa envuelta en arpillera.

Es bastante pesada, tenemos que alzarla entre los dos. Sentimos en las manos el acolchado húmedo de una colonia de hongos.

Le pido a Dam que él mismo abra la tela. Yo espero acá cerca, con el martillo en alto.

Parece la base de un árbol, con raíces y muñones de ramas, pero redondeada, como una nuez enorme, un cascarón que podría contener varias ratas, o un perro mediano, ovillado. Tiene unos cortes dispersos en la superficie que parecen intencionales. De frente evoca algo de tótem o de venus. Para el especialista era una imagen de fe. Una deidad menor. Podría ser.

A Dam se le hace difícil evocar la deidad. Dice que en todo caso la de estos indios es una fe sin motricidad fina, porque hasta los pwiggi, la gente más básica de Oceanía, que adora a dioses acostados en la arena y tiene prohibido darlos vuelta, los hace con el anverso decorado.

Le recuerdo que los pidió muy primitivos. Repite lo que dije con voz aguda.

A su voz que imita la mía se suma otra, más grave, de quejumbre, que cuando Dam se calla porque voy a llorar, continúa desde el cascarón.

Uno de los cortes de la madera parece más profundo que el resto. Una ranura. Dam mete el dedo en la ranura. La cosa cruje y se abre en tres.

Lo que respira adentro es como un ganglio de la madera cubierto de pelo que se eriza. Del cuerpo retorcido por la falta de espacio, forzado al contorno del cascarón, se abren una pierna y unos ojos donde no los había, y un brazo con garras de hueso podrido que deja un surco de sangre en la pierna de Dam.

Las primeras reuniones del Comité fueron en el Jockey Club, pero desde que Rosso es el accionista mayoritario se hacen en su casa, que siempre está redecorando, y las veladas se pierden en comentarios sobre cuadros o tapizados que combinan con el piso, porque su primera decisión fue el mármol verdinegro carísimo de la sala y el arquitecto continuó todo en compossé, con lo que la casa quedó atrapada por el piso, como esta taza de té tornasolada, que es verde o negra según se la mire. Tano de mierda. La pérdida de tiempo de hoy es una cigarrera de nácar que según Rosso mantiene en su punto la humedad del tabaco. Se han puesto a fumar y a nadie se le ocurre convidar a los asistentes, sentados en este rincón con la señora de Cabelludo, la estenógrafa.

Gatto, otro tano que trajo Rosso para no desentonar, se quema el bigote al encender su habano, ese bigote ralo como de sarna que se incendió ya dos veces frente al Comité por su tamaño y la grasa que usa para las puntas en alto.

Liniers le recomienda a Gatto un *moustache trainer* que se consigue en Harrods.

Plaza dice haber usado el *moustache trainer* todas las

noches durante un mes. No funciona. El bigote se niega a crecer contranatura. No hay redecilla que venza la gravedad, aunque la grasa tiene buena fragancia. Lo dejó porque la redecilla cuelga de las orejas y la tensión del bigote se hace muy incómoda.

Gatto le pide a la señora de Cabelludo que registre el intercambio en actas por si se olvida del nombre del producto.

Dam podría cortar estas pavadas abriendo la sesión, pero está mostrándole la herida de la pierna al doctor Thibaud, que le sube el pantalón por encima de la rodilla y reprueba el vendaje que tanto me costó hacer.

Dam dice al Comité que recibió un primer lote de objetos como adelanto de los indios que llegan en quince días. La pieza más importante es un tótem o venus de madera que empezó a gemir a la medianoche y resultó ser un artefacto que contiene un perezoso (*Bradypus tridactylus*) en estado de hibernación, en una cámara en la que cabe perfecto, encajado el ano a un tubo que llega al exterior, y la boca a otro tubo que permite alimentarlo. El artefacto se abre en tres partes por una red interna de fibra que se tensa al tocar con el dedo el fondo de una ranura. La red sirve también como retén vegetal del animal encofrado. Cuenta cómo lo atacó el animal. Muestra la pierna lastimada. Como si no la hubiéramos visto toqueteada para todos por el doctor Thibaud.

¿Entiende el Comité que un artefacto así es único en el Amazonas? Estos indios prometen ser diferentes al resto, la delicia de los etnólogos del parque.

A Liniers le preocupa que el Comité siga hablando de etnólogos en plural, cuando con uno, el mejor, es más que suficiente.

Plaza dice que más de uno sería un dineral.

Dam dice que el sueldo de los etnólogos puede ser tan bajo como lo decida el Comité.

Rosso empuja una vitrina cubierta por una tela verdinegra, la deja en el centro y la descubre de un tirón, excitado por la atención que recibe. Son veinte cráneos de indios nacionales clasificados y con documentación de origen, donados por Ameghino para el proyecto, bajo la condición de que estén exhibidos en el museo del parque.

Examinan los cráneos.

Liniers dice que poner esta vitrina a la vista de los indios residentes sería cruel.

Rosso dice que los cráneos son de indios nacionales. No cree que los indios del Amazonas se emocionen con reliquias de un pueblo extranjero. Y ya se convino en la reunión anterior que los residentes no tuvieran acceso al ala noble del complejo por mutua preservación con los visitantes y el patrimonio.

Dam comparte con el Comité la oferta de la Peruvian Rubber Company de un contingente de negros recién llegados de África al Brasil para sumar al proyecto.

Plaza dice que ya hay negros y asiáticos en camino. Llegan en el mismo barco que los mapuches que mandaron a repatriar desde Francia. Está negociando con los dueños del ex parque del Jardin des Plantes para que manden unos ejemplares del Índico que quedaron sin uso con la clausura.

Dubarry pide a la señora de Cabelludo que pare el registro. Está obeso y nos tiene como hechizados porque no lo reconocemos del todo y en algún punto podría no ser él. Sabe que el Comité está compuesto por gente de confianza capaz de completar generosamente los argumentos que no usará, para hablar en crudo. Se niega a la inclusión de negros porque el común de la gente los asocia con la esclavitud. La prensa opositora podría describir el proyecto como una variante del tráfico humano, con el consiguiente daño a su imagen como Senador de la Nación.

Bosch reflota de reuniones pasadas la hipótesis del negro que viola o mata a un visitante. Quiere más dinero en seguridad. No cree en la mansedumbre de los negros.

Dubarry dice que mucho menos unos tan primitivos.

Bosch pregunta si es fundamental para el proyecto contar con unos negros tan primitivos.

Liniers pide que se retome el registro. Dice que con unos meses de comida de blanco cualquier indio o negro desarrolla moral y buena conducta. Que así fue siempre.

Bosch habla de la barrera del idioma: no hay moral sin auxilio de la lengua.

Liniers dice que la lengua tarde o temprano llega. La proximidad física impulsa el contagio de las lenguas. Con tiempo suficiente, en un mismo metro cuadrado terminan hablando todos igual. Eso pasa porque el léxico es la huella de un estímulo exterior a la consciencia y la prueba de que ese exterior existe y nos toca. Las palabras vienen de afuera. El primer simio que entierra los pies en la arena recibe un verbo que separa la acción de enterrar los pies en la arena de cualquier otra acción. Usa el verbo y lo mete en los demás simios como una idea que para formularse no requiere de la experiencia.

La señora de Cabelludo me dice al oído que ninguna lengua occidental contiene ese verbo.

Plaza dice que el proceso es a la inversa: las palabras anteceden al mundo y lo hacen. Da el ejemplo de un sordomudo judío que aprendió a hablar idish con lenguaje de señas. Liniers dice que el ejemplo del sordomudo le parece confuso y de mal gusto. En esto coinciden con resoplidos varios miembros del Comité.

Rosso dice que no le sorprendería que la relación entre palabras y mundo directamente no exista.

Gatto dice que sin negros no hay negocio. A nadie se le ocurriría viajar a Tandil para ver unos indios. Cuando él era chico Buenos Aires estaba llena de negros. Llena. Ahora que no hay más, son muy exóticos. El verdadero interés de un antropoparque está en la sección africana.

Dam le recuerda que en la última reunión se definió llamarlo Parque Etnográfico, no Antropoparque. Le alarma que el Comité todavía no advierta la gravedad del *opopa* en medio de la palabra.

Rosso le pregunta al arquitecto si el proyecto contempla la contingencia de un estallido de negros.

El arquitecto trae las maquetas a la sala para explicar el proyecto. Es la tercera vez que lo hace en un mes. Salvo Dam y unos otros, los miembros del Comité nunca son del todo los mismos, especialmente Dubarry, y hay que explicar las cosas casi desde cero.

La propiedad de Amado Dam en Tandil ocupa una fracción de nueve kilómetros por diez. El treinta por ciento de la superficie es de cerros bajos de granito expuesto, otro veinte por ciento de bosque nativo, cruzado por un arroyo y un lago central de unas cuatro hectáreas, y el resto llanura. Es el predio más grande del mundo destinado a este tipo de emprendimiento. Lo dice mostrando las palmas de las manos. Al parque se entra a través de un portal con figuras alegóricas en piedra parís y una escultura que para él es metáfora y síntesis del proyecto: *Cronos pacifica a los atlantes.* Trajo el nuevo presupuesto para su construcción, pide por favor que lo revisen y aprueben hoy. De ahí hay un kilómetro hasta la casona del casco, de estilo danés, a la que se está adecuando con ornatos y mansarda a la francesa. La casona servirá como recepción general de los visitantes. Está a poco de su final de obra. En el parque trasero hay un galpón de aclimatación provisoria que podrá alojar a los primeros residentes cuando se termine el tendido de cableado eléctrico. Los anexos de investigación y museo siguen en estado de proyecto a la espera de los fondos dispuestos por el Comité para la construcción. Hoy tiene el agrado de presentar para nosotros la tercera etapa del proyecto. Hacia el oeste de la maqueta, en la zona de bosques, el Pabellón Americano, con sobrerrelieves alusivos a la densidad de la jungla y un anexo para indios nacionales con el contorno de la cordillera de los Andes. Hacia el sur el Pabellón Africano, con la entrada custodiada por ídolos de madera retorcida. Hacia el este el Pabellón Oceanía, naranja como el desierto australiano. Hacia el norte, entre los cerros, el Pabellón Asia, con frisos de estilo hindú y un remate símil pagoda. Según el presupuesto que apruebe el Comité, los pabellones pueden revestirse en mampostería o en cartón piedra, como en Coney Island. Excluyó Europa y la Antártida porque no tienen etnias de interés, pero si en algún momento se consiguen esquimales podría sumar un anexo Polo Norte. Dice que el diseño general se apoya en el ornato de fantasía para enriquecer la experiencia de la visita y dejar en claro que el resguardo es una decisión moderna que aleja a los residentes de los peligros de su intemperie original.

Rosso pide un aplauso para la maqueta. Propone que los indios participen en la construcción de lo que resta del parque para abaratar costos, mantenerlos ocupados hasta la inauguración y fomentar el apego a su nuevo hogar por medio del trabajo. Dice que no concibe idea más digna para fomentar el apego.

Dam dice que el deber del Comité es no replicar errores cometidos en los parques europeos. No hay que convertir al indio en albañil, como quiere Rosso. El indio debe conservarse indio. Es un axioma del proyecto. Otro axioma: en contacto inevitable con nosotros y los visitantes, la conservación del indio solo puede ser artificial. El primer deber del Comité, el único que asegura un emprendimiento rentable en el tiempo, es dejar al indio en la vida que conoce y hacerse cargo de resolver por él lo que no conoce, como si no estuviéramos, fugaces, reduciendo el contacto a lo indispensable, una urgencia médica, por ejemplo. No imagina nada que amerite el contacto por fuera de eso. Se les puede hacer llegar lo que necesitan de maneras indirectas. Que se procuren el alimento buscando comida repartida por nosotros al azar en el terreno. Soltar vacas o caballos viejos para que los cacen. Tiene que haber unos lugares específicos en los que puedan estar fuera de la vista de los visitantes. Intimidad. El parque no puede ser una cárcel. Ni por ellos ni por el proyecto. El complejo de Lyon fue acusado de vulnerar no recuerda qué leyes de protección de los negros libertos de las colonias francesas y cerró a dos meses de inaugurado. En Barcelona la Iglesia dijo que los indios desnudos promovían la indecencia y se llenó el parque de tarambanas de clase media que iban a mirar culos con binoculares. Después se descubrió que los dueños prostituían a las indias en recorridos nocturnos exclusivos para empresarios. Con el parque clausurado, la municipalidad obligó a los indios a alfabetizarse en una escuela pública. Se hicieron cristianos en cinco minutos. El Comité debe entender que las decisiones a tomar son muy sensibles.

Rosso se apoya en la maqueta para verla más de cerca. Dice que el pabellón de Oceanía está de más. No hay argentino al que le interese Oceanía.

Dubarry dice que tiene que haber un pabellón de blancos, un pabellón de blancos salvajes. Con eso le taparían la boca a cualquier opositor. ¿Dónde hay blancos así? En Rusia debe haber.

Rosso dice que todavía espera respuesta del arquitecto por la contingencia de un estallido de negros.

Para esa contingencia el arquitecto sugiere canalizar el arroyo, separar por agua los pabellones, como islas, y conectarlos con puentes levadizos. Otra opción es rodear los pabellones con un macetero en piedra imitación enredadera, bien alto, con aberturas "entre las ramas" para ver cómodamente al otro lado. Eso sería más barato que los canales, pero se perdería el encanto de las canoas yendo y viniendo por el predio.

Dam imagina canoas yendo y viniendo con semen fresco para la reproducción cruzada entre indios, negros y asiáticos, y la caída del proyecto en una generación. Que se reproduzcan asegura la continuidad del parque, pero no cualquier cruza. Para ver gente mezclada no hace falta salir de Buenos Aires.

Bosch dice que habría que evitar el incesto, para no cargar con ejemplares defectuosos.

El doctor Thibaud dice que contar con subnormales genéticos le parece una buena oportunidad de estudio si reproduce las condiciones de vida originales de cada grupo.

A Plaza le parece una idea abominable.

Dam le responde con un lema de su padre, Segundo Jorge Dam: "Escuchar sin moral, si no, no hay escucha. Responder con moral, si no, no hay respuesta".

Gatto dice que los subnormales no estarían del todo mal, como nota de color, si el número se mantiene en el margen de lo razonable.

Se discute qué número de subnormales sería razonable.

La discusión regresa al tema de la inseguridad y negros que estallan y violan en el parque. Bosch quiere más dinero en seguridad. Rosso también. Dubarry también, y quiere el parque sin negros.

El olor de Dam furioso llega a mi rincón. La señora de Cabelludo se tapa la nariz con un pañuelo embebido en alguna bebida blanca que sacó de su bolsillo en una petaca con el escudo nacional en relieve.

Dam se para y se refresca la garganta para poder gritar. Les dice que siempre fueron un obstáculo. Les dice estúpidos.

Se abren varias bocas del Comité. Dam no se deja ver así en público. El Comité no esperaba una reacción de este tenor.

Me paro, pido permiso para hablar y comento que podríamos pedirle a la empresa Sánchez Jaruf que evalúe las condiciones de seguridad del proyecto.

Dam pide que desoigan lo que acabo de decir. No dije nada. Fue un cacareo. No sabemos nada de esa empresa. Son unos turcos. Fue una ocurrencia de mi parte para demostrar que soy útil.

Liniers dice que su asistente también suele hablar de más. Si no lo hizo hasta ahora es porque está dormido. Lo señala.

Miran al asistente de Liniers. Yo no lo veo por el peinado de la señora de Cabelludo, pero lo escucho roncar. Si lo tuviera más cerca lo despertaría con una patadita, pobre hombre.

Dam sale hediondo del encuentro. Me preparo para rociarlo con su fragancia pero me retiene la mano. Entra al automóvil y lo hace irrespirable. Pide que le pida al chofer que vaya rápido.

Dice que el Comité se ahoga en minucias. Dos años de reuniones girando en falso. Hubiera sido mejor soltar la noticia de la llegada de los indios, revelar que los tiene en su propio piso, o directamente traerlos a la mansión ridícula de Rosso, para que estos nenes de mamá del Comité vean los culos que van a tener de fondo en la foto de la inauguración, el friso de penes que van a tener de fondo en esa foto para la que ensayan caras de posteridad, y él entre ellos, con una cara así, parecida a la mía, por mi culpa, obligado a inventar un nombre de fantasía para los indios, a dictar información falsa para poner en la placa del pabellón, expuesto a cualquier cosa, a que los indios se coman entre ellos frente a unas maestras de escuela, frente al alumnado, por confiar en mí.

Se le endurece la lengua. Llueve saliva. Del senador Dubarry dice que es un obeso puto. Compara a Bosch con un pollo que se pudre semanas arriba de una mesa. Nunca lo vi gesticular así, con la boca torcida como un compadrito.

Se saca la venda de la pierna. No quiere que lo ayude. Le late la herida, la siente hinchada. Me acusa de ponerlo en riesgo de una septicemia.

Patea el asiento delantero.

Le recuerdo que se negó a que lo llevara al hospital. Se lo ofrecí dos veces. ¿No lo curó el doctor Thibaud en la reunión?

Esta vez me escupe a propósito. Dice que le doy asco. Siente náuseas. Se pone rojo, como si lo sofocara con mis manos.

No soy yo, no es el Comité. Quiere vomitar. Que lo ayude a vomitar. Hay que abrir las ventanillas.

Con el viento el vómito se dispersa en la cabina y nos salpica al chofer y a mí.

Faltan unas diez cuadras. Me limpio la cara con el pañuelo. Siento la mirada del chofer en el retrovisor. Me señala la cara con un dedo a media asta. No entiendo. Gira y me quita algo de la frente, los restos de la araña que tuve en el pañuelo desde ayer.

Si se mantuviera quieto podría colocar mejor las almohadas y taparlo bien. Vuela de fiebre. Venancia trae un balde por si vuelve a vomitar. Bendice a Dam y al balde con ademanes católicos.

Dam pide que lo dejemos en paz. Que atendamos el teléfono. Pero el teléfono está en silencio.

Ahora sí suena. Atiendo. Acepto un llamado de Lobos. Es la voz de la señora Dam. Ya compró un pasaje a Buenos Aires para cuidar a su marido. Pide que le preparen el dormitorio. Corta.

Dam se pregunta a los gritos cómo su señora, una tonta que no lee otra cosa que las revistas donde aparece una vez al año por la fiesta para damas que organiza en la estancia, una persona que no está informada de nada que ocurra por fuera de su hogar, ni tiene una idea formada de qué es exactamente el dinero ni podría explicarle a un tercero de dónde proviene, puede, de un día para el otro, hacerse del coraje de venir sola a Buenos Aires, con la fantasía de que es capaz de cuidarlo, para orinar este lugar. Quiere que la llame ya para que cancele el viaje.

La llamo pero no atiende.

Hablamos bajo para no despertarlo. Venancia comparte conmigo el primer día de los indios en el departamento.

Las mucamas tuvieron que recoger excremento a tientas en los cuartos. Los indios se amuchaban en los rincones, asqueados de su propia inmundicia. Pensó en llevarlos a un lugar específico para que hicieran sus necesidades, pero Dam le dijo que no.

Descubrió un jabón robado y mordido.

Pidió a los custodios que desinfectaran al perezoso antes de devolverlo al cascarón. El animal se dejó manipular sin problemas.

A los indios les dio de comer arroz y manzanas, con la ilusión de constiparlos. Dos raciones o más para cada uno. Solo una india, la que tiene una pierna lastimada, se negó a comer.

Los ve desinteresados de todo, aunque a uno, el más chico, le atrajo el brillo de una cadenita y hubo que apartarlo para que no la arrancara del cuello de una mucama que ahora quiere renunciar.

En la penumbra los ojos de Dam parecen negros. Habla de un sueño: los brazos de Venancia crecidos hasta el suelo, quitando pelusas de la alfombra. Una pierna hueca. Un barco de mimbre encallado en el Río de la Plata. Una pierna de mimbre. El automóvil en este cuarto, el cuarto encallado en el río, su cara en el espejo retrovisor, mi cara en un espejo de mano.

No entiendo lo que ve: si buscando su reflejo vio el mío, o si aparecí en el cristal como un retrato.

Me llama por mi nombre. Me dice querido amigo.

Hace un año me mandó a la casa de su abuela con unos documentos para que firme.

Estábamos solos con la vieja. Las primeras firmas se hicieron con su trazo débil, las siguientes con el que yo hice por ella valiéndome de su mano. Ese contacto le recordó algún cariño del pasado. Del trato cordial que me había ofrecido hasta el momento pasó a otro más familiar, por momentos seductor y culposo.

Me ofreció un té. Dije que lo haría por ella. Tuve la idea de embestir a Dam con una deuda afectiva.

Mientras tomábamos la merienda respiré con ella el gas que dejé abierto en la cocina. Me despedí y la dejé adormilada en el salón. Los papeles quedaron olvidados sobre el escritorio como excusa para volver.

Fueron pocos minutos, no la puse en riesgo. La encontré volcada en su asiento. Abrí las ventanas, la desperté poniéndole alcohol bajo la nariz, la contuve en mis brazos.

A cambio de salvarla Dam me regaló un sombrero, pero nunca, hasta hoy, me dijo querido amigo.

Venancia me dice al oído que se escapó una india. A la calle, a la ciudad se escapó. No están los empleados de seguridad, no sabe desde cuándo ni por qué. Vino a cambiarle la camiseta a Dam y vio un revoltijo en el cuarto de vestir. Faltan un pantalón y un saco, un bastón, el de cabeza de pato, y un juego de llaves, pero no se llevó zapatos, camisas, ni ropa interior. Bajó por el ascensor. El portero estaba limpiando las escaleras y no la vio pasar.

Dam todavía duerme. Son las siete de la mañana. Me encierro en el baño.

Para llegar al cuarto de vestir la india debió haber pasado entre Dam y yo con patas de seda. Antes entendió que algún sector de esta vivienda, de la que solo vio partes, se usa para almacenar ropa, y que la ropa se cuida y se guarda. Antes, la idea de sector. Antes, que para sobrevivir hay que vestirse.

Consiguió entender que la llave y la cerradura son piezas del mismo mecanismo.

Descifró el ascensor. Entender un ascensor es entender el total del mundo moderno. No el total, pero sí una cantidad impensable para una india. Semejante uso del cerebro pudo haberla dejado exhausta y violenta.

Pero no llevó ropa interior. No sabe que bajo la ropa usamos ropa.

¿Huir a dónde, para qué?

Necesariamente tiene miedo. El tamaño de las cosas, el tránsito, tienen que enloquecerla. No puede estar lejos. Una india disfrazada de blanco, sin zapatos. Tampoco entendió los zapatos.

Venancia me da una medallita que acaba de sacarse del cuello. O sea que no voy a llegar a la india si no es con ayuda de la virgen.

En el hall me encuentro con el portero, que no vio nada, ni siquiera el bastón con cabeza de pato que está ahí mismo, a la vista, tirado en el piso. Habría que hacerlo echar.

El viento hace lo que quiere con el paraguas. Doy la vuelta a la manzana en trotecito por si el miedo paró a la india acá nomás. Bajo por la avenida hacia el puerto. Pudo haber olido en qué dirección está el río. ¿Por qué iría al río? Un escape a nado. No puede prever el tamaño del Río de la Plata.

En la avenida no hay rastro de accidentes o demoras. Evitó que la pisen. Antes calculó la velocidad de los automóviles para evitarlos. Antes entendió que el movimiento artificial es continuo, o ya lo sabía, puede ser que lo supiera, porque anduvo en camión, fingió estar dormida, estuvo atenta al avance, las rectas, los giros, memorizó con el cuerpo el trayecto de vuelta al puerto, un mapa que vibra en los órganos, como el de la selva. Pero no la creo capaz. Se disfrazó de blanco para mezclarse entre blancos. Es posible que le abran el paso asustados porque la posición de su cuerpo al caminar no coincide con la que sugiere el traje, y no lleva zapatos.

El puerto está bien controlado. Que la detengan. Detenida por alteración del orden público. Cuento con eso. Entonces puedo pasar a buscarla más tarde por la comisaría. Soy más útil si mientras la apresan en el puerto yo la busco por el centro, por las dudas. Hay que ir al centro.

Por suerte el viento corre hacia el Bajo y el paraguas lo recibe desde atrás, empujándome. Es un buen presagio, y en los balcones hay guirnaldas empapadas de tela colorida, por los festejos de primavera.

En la esquina del Hotel Plaza hay dos autos cruzados que obstruyen el tránsito, una pelea entre choferes, cajas abiertas en el empedrado y sombreros de señora llevados por el viento.

Llega a mis pies un sombrerito de cóctel fantasía.

Al recogerlo me baja la presión. Me recuesto contra un árbol.

El viento me saca el paraguas abierto de la mano y lo traba entre las ramas.

Me recupero. Ya estoy a un paso del sentido común. Pude haber salido en automóvil, con el chofer, a cuatro manos, secos. ¿Cómo pensaba traer a la india, a la rastra? Los zapatos rebalsan. Me los saco para vaciarlos y veo que sin querer me puse los nuevos de Dam. Yo mismo se los lustré para la reunión del Comité.

La gente corre hacia Florida. Comerciantes, familias, los choferes. Me llega el boca en boca: pasó algo en

Harrods. Puede ser la india llevada a la rastra por los custodios, la ruina pública del proyecto de Dam. La india muerta de un tiro, la ruina. La india en Harrods, entre las clientas, perseguida, con ganas de matar, con cristalería, con percheros, candelabros, con una sección de cuchillos en el tercer piso. Ciudadanos ingleses en la gerencia.

Llego sin recuerdo de haber hecho dos cuadras hasta acá. Cerraron la entrada de Harrods con clientes adentro. Un tipo reclama que en el apuro lo separaron de su esposa. No se sabe qué pasa. A través de la vidriera, el enano de trajecito verde que recibe a los clientes señala hacia arriba.

Con la lluvia en la cara vemos algo que se mueve en la cornisa del cuarto piso. Me llevo a la boca la medalla de Venancia. Que no sea la india. Que no sea la india.

Es la india adentro de un vestido que tomó de la tienda.

Le gritan que no se mate.

Si cae, si el toldo de la tienda no aminora la caída, si se estrella a un metro de mí, ¿debería hacerme cargo o irme sin decir nada? ¿Por qué no irme ya?

Hace unos pasos doblegada por el peso del agua en el vestido. Se lo saca con asco y lo tira hacia nosotros. La india desnuda y el ruido de la ropa que cae sobre el pavimento enardecen al público.

Salta para esquivar un brazo que sale del ventanal. Vemos los pies rugosos y su vagina como una estela negra con la línea del salto. Corre en cuatro patas como un lagarto por la cornisa. En la esquina sobre la avenida para en seco y queda quieta, con la cabeza en alto, mirando el tránsito.

Sería útil saber qué hizo en su corrida por la tienda, qué rompió, si mató a alguien. Su cara mojada en la altura no me dice nada. Creo que la entiendo mejor cuando no la tengo a la vista.

El doctor Thibaud dijo en una de las primeras reuniones del Comité que los pacientes con trastornos mentales suelen estar encorvados, imantados por el piso, sujetos por una fuerza invisible que los obliga a posturas de animal. El fenómeno es efecto de la gravedad de la Tierra sobre la materia psíquica densificada por la patología.

Casi cualquiera en su situación se sentiría confortado por la llegada de una cara familiar. Por qué no ella. Mi cara le es familiar. Me conoce y puedo convencerla de volver conmigo.

Parece que para entrar a la tienda hay que tratar con el enano. Le digo al enano que yo conozco a la mujer, que puedo ayudar.

Dice que tiene orden de Gerencia de no abrir el paso.

Me agradece la buena voluntad.

Le digo que la mujer trabaja para mí. No entiende de qué mujer le hablo. La mujer en la cornisa.

Dice que las esposas o hijas que hayan quedado adentro están a buen resguardo del personal.

Le grito que la india trabaja para mí. Es mi sirvienta, está insana, se escapó de mi casa.

Pregunta si la india es mía.

Es mi sirvienta, está insana. No estoy acostumbrado a gritar, se me quiebra la voz. Escucho risas.

El enano hace una pregunta a alguien fuera de la vista, gira en un gesto de victoria y viene a abrirme.

Se interpone el tipo sin su esposa. Si entro yo, entra él. Le explico que voy a participar del rescate de la india. Que yo mismo voy a bajarla de ahí. Decirle esto en voz alta y que todos escuchen es una felicidad que me regala el momento, pero me gana la idea de que no hay marcha atrás, por lo que la voz me sale fina y él se larga a reír, señalando alternativamente mi cara y el sombrerito de cóctel fantasía al que estuve aferrado todo el rato.

El enano me invita a pasar. Entro rápido. El tipo queda afuera porque al reírse se distrajo.

Me recibe un rubio de uniforme. Se presenta como encargado del cuarto piso y se ofrece a asistirme en lo que sea posible para salvar a mi sirvienta. Por el momento Gerencia decidió no llamar a la policía. Con un giro de ojos dice que tiene orden de decirme que puedo llevarme a la india sin mayor complicación si me hago cargo del pago por los daños.

Le digo que sí, lo que quiera. ¿Qué daños? ¿Qué hizo? Corremos al ascensor.

El movimiento del ascensor me da arcadas. El ascensorista también es rubio.

El encargado dice que mi sirvienta subió directamente por la escalera hasta el cuarto piso. Mueve las manos como para que entienda que lo hizo en cuatro patas. Le da pudor decírmelo en la cara, a este estúpido.

Pregunta si estoy bien y me busca la mirada como hacen los afeminados. Entiendo. Ganó este puesto porque es rubio, aprendió a limar los gestos bestiales de italiano, se atenuó, y eso dejó al maricón al descubierto. Las tiendas de lujo contratan maricones. En Gath & Chaves está lleno. Me aparto, pero no mucho. Hasta ahora es mi único aliado, aunque sea por motivos repugnantes.

El ascensorista pregunta cómo pienso salvar a la india. Por las cejas se nota que es rubio natural, pero en la cabeza tiene mechones teñidos de un rubio más claro que el suyo. Otro afeminado.

Le respondo mis opciones para salvarla: si no funciona invitarla a entrar, salir a la cornisa y ganar su confianza. Si no funciona eso, elaborar algún tipo de emboscada abriendo de repente las ventanas y succionándola hacia adentro.

El teñido me desea buena suerte.

El encargado me muestra los daños del cuarto piso. Una vitrina rota en la sección de maquillaje. Tres maniquíes con ropa manoseada que intentó arrancar. No es mucho. No mató a nadie.

Pensé que la india no distinguía entre hombres y mujeres, porque vamos vestidos, y por el robo del traje de Dam. Le bastó este trecho de ciudad para entender que esas criaturas cubiertas hasta el cuello, adornadas, sin piernas, son las mujeres. Se deshizo del primer disfraz equivocado y buscó otro de mujer en Harrods. Imposible desandar cómo descifró Harrods.

Veo a la india sentada con las piernas colgando en el vacío. De este lado del cristal la gente también está quieta.

El encargado dice que una vez escuchó que la única manera de salvar a un suicida es llamándolo insistentemente por el nombre de pila. ¿Por qué no me asomo y la llamo, para empezar?

Es lo que dije que iba a hacer, invitarla a entrar.

El encargado dice que puede sostenerme por la cintura para que la llame desde la ventana, pero si quiero salir a la cornisa la tienda no se hace responsable de lo que pudiera ocurrir. Siempre estamos a tiempo de llamar a la policía o a los bomberos.

Acerca un banquito para que suba y me asome. Insiste con que la llame por su nombre de pila.

Su nombre escupido que no recuerdo. Qué nombre para esa cara, para los tatuajes, adecuado a una sirvienta. Me atasco en Leonor, que es de blanca. No puedo llamarla Leonor.

Abro la ventana y saco medio cuerpo afuera. El encargado presiona la ventana contra mí para que no entre mucha agua. Otra vez la medalla de Venancia en la boca. Por favor, que me haga caso. Virgencita, que me haga caso.

Le grito ¡Venancia! Le pido que no se mueva, que no se caiga. Me llevo las manos a la frente para lucir contrariado y que lo entienda.

Es indiferente al nombre falso. Pasaría lo mismo con el verdadero.

Entro y cierro la ventana para ver cómo sigo. Un cliente le pide al encargado que yo mismo salga a la cornisa y la meta a la fuerza. Otro pide rapidez, su sobrina quedó en la calle. El reclamo se da en diversos puntos del salón.

Le pregunto al encargado si puede atarme de algo. Se toma del mentón para que lo veamos pensar. Con un chasquido de dedos: un corset. Hay una colección de corsets acá nomás en el piso. Si me pongo uno, él puede engancharle una soga o un cinturón y atarme a un radiador.

A los clientes la idea les parece muy buena.

El encargado vuelve a buscarme la mirada. La compulsión enferma del marica. Esta vez su falta de oportunidad me irrita y dejo de simular que no entiendo sus intenciones. Le pregunto qué quiere.

Está esperando mi aprobación para colocarme el corset. Hay una vida en peligro, ¿por qué no me lo pondría?

Que lo traiga ya.

Ajusta lento los cordones para que me acostumbre a la falta de aire. Se nota que lo hizo muchas veces con viejas que todavía lo usan, señoras con menos aire disponible que yo, encajadas en esto.

Cuando termina estoy erguido por primera vez. El aura de vencido, deshecha.

Mientras me engancha a un radiador, es oportuno hacer un chiste para todos. Improviso una pose femenina frente al espejo y me pongo el sombrerito fantasía para completar el cuadro. Se ríen.

Le doy el sombrerito al encargado y salgo a la cornisa.

Es bastante ancha. Me aferro a las salientes de espaldas al vacío. Estoy a unos diez pasos de la india, pero los zapatos de Dam están nuevos y tienen poco agarre. Si me descalzo puedo avanzar mejor.

Camino en cuatro patas, como ella, para no caerme.

Me siento y me saco los zapatos para que vea mi gesto solidario. Salí a la intemperie para buscarla, no soy agresivo, estoy en la lluvia, descalzo como ella, qué más. Hasta ahora solo giró para mirar la cuerda que sale de mi cadera, y ya perdió el interés.

Desde adentro el encargado me grita que la llame por su nombre.

Le digo ¡Venancia! con una voz que debería surgir del corazón y sacudirla en lo que tiene de humana, pero lo que siento es miedo y odio y ganas de que se tire. Ella escucha eso, el contenido básico de mi emoción, como hacen los perros, por eso no responde.

Ahora que la tengo adelante veo que en realidad está muy tranquila. Debe ser la lluvia.

Desde adentro el encargado me grita que le cante una canción.

Solo porque estoy a punto de llorar la propuesta me parece iluminada. Pero yo no canto nada. Recuerdo una canción de misa más o menos entera, pero solo las palabras, no tengo memoria para las melodías.

Digo para ella las palabras con una entonación que parece música.

Padre nuestro celestial, lo que en vida no me diste,
el tormento que trajiste, lo bendigo desde el alma,
padre mío que me hiciste, que en tu Dolor me pariste,
porque en la carne tropiezo, y sin Dolor no comprendo.
Porque Dolor es la lengua de los santos y tu Hijo,
yo por este crucifijo te juro seguir sufriendo.

Me distrae el enano verde que me señala desde abajo para que los custodios de Dam vean dónde estoy. Acaban de llegar.

En la distracción pierdo las primeras palabras que me dice la india, que me habla.

No sé si son palabras. Son vocales seguidas de un suspiro que podría ser otra vocal pero que a mí me suena a matiz de intención, y un chasquido parecido a una t, que puede ser el intervalo entre palabra y palabra, ya que no hay pausas de silencio, ni cambios de volumen, ni nada que distinga una serie de sonidos de otra, salvo el chasquido.

Deben hablar un idioma anterior a la gramática, un apilamiento de verbos y sustantivos, más cuatro o diez adjetivos, más la circunstancia de arriba, abajo y a los lados, más dos tamaños, chico y grande, agrupados según les cae a la cabeza, y si es así, si desando bien lo que escucho entre su voz, solo pueden hablar del presente en el que están, y no hay oraciones. Merodean los temas entre olvido y olvido, y el sonido es casi música, como lo mío antes, como si me imitara.

Me quiebra la palabra en español que escucho en su parloteo. No sé cuál, ya pasó, pero dejó un trazo recto de habla castellana. Sigue en su lengua, la exhalación y el chasquido en intervalos más breves.

Dice: *nombre.*

Quiere mi nombre. Se lo digo, me presento, es lo que debería haber hecho en primer término.

Entre palabras suyas dice: *voluntad.* Con el sonido vibrado de la ve corta, la n separada de la t, las sílabas en su sitio.

Hoy. Mal.

El padrenuestro. El padrenuestro hundido en profanías de hombre primitivo, envenenado, en mi contra, para qué si no, trocado en maldición.

Contra eso escupo el mío, que es mío por derecho, pero el veneno de ella me pudre el rezo en la boca.

Un tirón en la cuerda. Los custodios de Dam me saludan desde adentro.

La india no habla, hace un rato largo que está en silencio y no lo noté. Con cara de cordero, como si supiera qué es un cordero, me señala el interior de la tienda. Como puedo me paro. Vamos juntos hasta la ventana.

Apenas pone un pie adentro los custodios la reducen envolviéndola en una frazada nueva.

Los clientes aplauden la captura y a mí. Es un momento que quisiera prolongar, pero el encargado me acerca a él con un tirón de la cuerda, me abraza con todo el cuerpo, me dice gracias, y con eso consigue que me ablande para él, que me deje abrazar. Me dice al oído que ya tiene lista la factura.

Arrastramos a la india envuelta en la frazada. No hay evidencia de que le moleste el deslizamiento por el parquet. Al contrario, dejamos que saque la cabeza, se la ve a gusto. Es nuestra gentileza, por su bien, y el contrato claro para ella, que no está presa ni al servicio de nadie.

El encargado nos hace salir por la calle de atrás. Los custodios levantan el bulto y hamacan a la india hasta el automóvil para evitarle raspones. Flotar así sobre la calle le despierta ojos de nena que me repulsan.

La primera opción de los custodios para meterla en el automóvil es encestarla con un envión afortunado. Les grito que no lo hagan. Casi la dejan caer.

Ella se cuela de la frazada al piso y ocupa un asiento trasero.

Elijo al custodio más robusto para que nos acompañe y les pido a los sobrantes que vayan caminando y nos esperen en la puerta de Dam listos para cualquier contingencia. Por las caras veo que no conocen la palabra.

Sentarme junto a ella es menos riesgoso que darle la espalda. Es una precaución básica. Le pido al custodio que vaya adelante con el chofer y se mantenga girado hacia nosotros todo el tiempo y que en caso de ataque se interponga con todo el cuerpo porque la india es muy flexible y coladiza.

El custodio dice que va a vigilarnos desde el espejo. La posición que le pido podría dañarle el cuello.

Que lo haga igual, son muy pocas cuadras. Le recuerdo que son pocas cuadras.

Si se lo cuento yo no me va a creer. Le pido al custodio que explique por mí frente a Dam la aventura del rescate de la india.

Dice que desde abajo no vio nada.

¿Pero al menos me vio a mí, no? ¿Ahí arriba? Es lo que importa contar.

Dam abre la puerta del automóvil y me recibe con los brazos abiertos. Es un gesto engañoso, lo vi antes, comienza en el cariño y cierra con un apretón de reproche. Pero no, me abraza en serio. Me duelen las marcas que dejó el corset. Se lo ve impecable, sin rastro del despojo que era cuando lo dejé. Está un poco mejor que siempre.

Ayuda a la india a salir de la frazada y la conduce hasta Venancia, que está en el palier. La suelta en manos de la vieja ciega como si perderla de nuevo no importara.

Quiero explicarle lo que pasó.

No le importa. Dice que hay mucho por hacer. Primero, bañarme y desayunar fuerte. Va a ser un día largo. Pide que le lea esta carta del embajador del Perú.

Acaba de recibirla y no tiene los anteojos.

Le pregunto si no prefiere que la leamos arriba, bajo techo. Está lloviznando. Por su salud.

Dice que brilla de bienestar, pero se levantó con los oídos un poco tapados. Tengo que leerla acá mismo para él, en la vereda, bien cerca.

Estimado Señor Amado Dam,

A continuación comparto los resultados de la gestión solicitada por Usted.

Entenderá que los peruanos mestizos como yo, de patria y pecho, nos hemos formado en el desprecio al argentino, un sentimiento reprobable, cultivado en el rencor hacia el blanco en general. Soy una excepción, sin duda, porque Buenos Aires me dio la entrañable oportunidad de conocerlo, de compartir con Usted veladas inolvidables, como aquella en la que señaló para toda la concurrencia que era fácil saber de mi llegada porque me antecedía el perfume. En esta locura de ciudad aprendí a ser un poco como ustedes, que se ríen del desprecio.

Invoco nuestra amistad para ofrecerle mi compañía cuando lo considere necesario por cualquier efecto negativo que produzca en Usted la noticia que debo darle, la siguiente: no hay registro oficial de la salida de diecinueve indios de nacionalidad peruana con los nombres remitidos por Usted, y la Peruvian Rubber Company, consultada discretamente, niega tener relación con el envío de diecinueve indios que dice Usted haber recibido en la Ciudad de Buenos Aires.

Sin registro de salida al exterior, estas personas nunca dejaron el Perú, nunca llegaron a la

Argentina y por tanto no revisten responsabilidad alguna para esta Embajada. De tal contrariedad comprenderá que no tengo apellidos para ofrecerle, ni puedo asistirlo con los documentos requeridos por Inmigración. Tengo amigos que tal vez podrían revertir esta situación, pero son menos poderosos que los suyos.

Que Dios Nuestro Señor lo acompañe en la solución del inconveniente. Mis cordialísimos saludos.

Dam ríe. Bendice al embajador. Dice que esta carta demuestra la existencia de Dios. Que Dios está de nuestro lado. Pide que encargue un corderito en la rotisería y lo mande a la embajada con una esquela de agradecimiento, sin mencionar el asunto de los indios, y que reprima los gestos de sorpresa, lo distraigo. Más tarde me explica.

Pide que me haga cargo de la señora Dam, que está ahí nomás, a metros, cruzando la calle con dos mucamas que le cargan las valijas. Hay que evitar que desempaque. Esa es mi prioridad hasta que él la devuelva esta misma tarde a la residencia de Lobos. Lo dice todo en voz alta para que ella escuche.

Ella pone los ojos en blanco, lo saluda con un apretón de manos y entran juntos al edificio.

Las mucamas piden que las ayude a subir el equipaje. No tengo por qué.

La señora Dam le pidió a Venancia que reuniera a las mucamas en el salón principal. Se van juntando frente a ella nerviosísimas.

La señora informa que busca mucamas que puedan trabajar para ella en la casa de Lobos entre enero y marzo, con sueldo especial de verano, como parte de un intercambio con sus mucamas de siempre, que vendrán de reemplazo a Buenos Aires con Dam. Las quiere llevar a Lobos para pulirlas un poco. Le preocupa la influencia de su marido en el comportamiento del servicio cuando ella no está. El señor las dejó trabajar en el desorden y con mal aspecto. Las ve desmañadas. Van a pasarla mejor con ella que sirviendo a Dam. La tarea va a tener un sentido más noble que limpiarle el culo al señor. Quiere alentarlas a la risa, pero la palabra culo las llena de miedo. Esta misma incomodidad con una palabra es prueba del poco roce que tienen. ¿A quién esperan servir así de crudas, a un pastor? Ella las va a mejorar. Ojalá les interese.

La señora Dam me pide que la lleve con los indios.

Dam se asoma y con la mano pide que lleve a su señora donde ella quiera.

La señora Dam se sienta entre los indios, y sin molestarlos, pero tocándolos de vez en cuando, revisa los tatuajes, los dibuja en una libreta, los organiza según aspecto y forma, y a la hora comenta que cree haber encontrado un patrón: los puntos tatuados en rojo que circundan el muslo indican la edad, no en años, porque exceden en mucho el número de la vida humana, si no en grupos de doce. Cuentan la vida en meses.

Me muero de sueño. Le digo que es improbable que los indios dividan el tiempo así.

Dice que los tatuajes con líneas quebradas verticales que llevan en las nalgas, pide que anote, son algún tipo de pertenencia perdida, animales perdidos, hijos muertos, cosechas.

No creo que los indios tengan costumbre de registrar lo perdido.

¿Dormí bien? Me ve muy desmejorado. ¿Por qué no anoto lo que me acaba de decir y me doy un baño, como sugirió su marido?

Salgo de la ducha demolido. Le pregunto a Venancia dónde está la india.

El señor la dejó en la biblioteca.

Entro en la biblioteca. Dam y la india escuchan música clásica en el gramófono. Él sentado en su sillón, ella en el marco de la ventana, mirando hacia afuera. No me ven entrar.

Esta imagen de viejos camaradas que escuchan Brahms me da un gran disgusto. Son varias las cosas que me disgustan además de la imagen. La transpiración de ella en el aire de los libros. Los ruidos y cortes en la música. Dam se olvida de soplar los discos antes de ponerlos y se rayan.

¿No era prioritario consolarme a mí? ¿Pedir mi versión? Es prioritario escuchar Brahms rayado con la india bruja que casi arruina todo. La música aplaca a las fieras. Brahms es un modo de hacerle saber qué es la civilización. Qué estupidez. Qué viejo estúpido.

Me siento en un banquito para lidiar con esta repugnancia. La presión, otra vez.

Giran las cabezas. Me miran sin intención de asistirme pero enternecidos por mi estado, con el mismo gesto piadoso en las dos caras.

Dam dice que quiere decirme algo importante.

No lo escucho desde acá. Le pido que apague la música.

Justamente porque está la música pide que me levante y me acerque. La charla es importante y con música.

Casi no lo escucho. Mueve los labios para que se los lea.

Dice que su padre, Segundo Jorge Dam, decía que el privilegio de los ricos es tener dos brazos derechos. Hay que tener ojo para evitar al taimado, al que corre por la plata, al obediente de más, al aplaudidor, y mucha paciencia, porque un brazo derecho no se hace de un día para el otro, y estar dispuesto a dar una luz fraterna al empleado cuando de veras corresponda. Él no lo esperaba, pero yo me convertí en su brazo derecho. Mis errores y sus rabietas nos trajeron a este punto. Lo que hice por él en Harrods es un acto de hombría de bien que casi no merece.

Pero yo todavía no pude contarle nada. Cómo salvé a la india.

Otro día se lo cuento. No me abraza porque me ve sudado, pero valga la intención de hacerlo. Ahora, lo importante: el proyecto del Parque Etnográfico termina hoy. Es un fracaso inesperado y feliz. No tiene nada que ver con la huida de la india, ni con mi error en la gestión con la cauchera, ni con el Comité, ni siquiera con la carta del desgraciado del embajador. ¿Le mandé el corderito? No tengo que olvidarme del corderito. Del proyecto que cae surge uno nuevo, mejor, más necesario. En comparación, el proyecto del parque es una estupidez. Yo, su mano derecha, estoy a cargo de la primera etapa del nuevo proyecto. Será una contribución dolorosa para mí, porque implica salir de Buenos Aires ahora mismo, ya, no volver por mucho tiempo, romper comunicación con familiares, amigos y allegados, aunque piensa que no debo tener muchos,

¿no? Familiares vivos sabe que no tengo. ¿Una querida? ¿Alguna amistad?

No.

Mejor aún, cuánto mejor. No quiere obligarme, ¿quién es él para pedirme esto? ¿Prefiero declinar?

No.

No encuentra palabras para expresar su agradecimiento. Pide toda mi atención: de mi conducta depende la seguridad nacional. La parte central de mi tarea es conservar el secreto. El secreto no encubre ilegalidad. No hace falta que me recuerde quién es y cuáles son los valores por los que se lo conoce y aprecia. A partir de ahora estoy a cargo de un grupo de dos custodios y tres mucamas. Tengo que establecerme con ellos y los indios en la finca de Tandil con la máxima discreción. A los indios hay que ponerlos en un galpón del parque, el que esté en mejores condiciones. El personal, en la casa. Hay que impedir que salgan pero dejarlos deambular libres por la propiedad, siempre lejos de la ruta. Nadie debe verlos nunca. Se refiere a todos, no solo a los indios. Para el extraño, el lugar estará deshabitado. Soy el único que puede salir y entrar, lo menos posible. Bajo ningún concepto puedo abrir paso a un miembro del Comité, aunque duda que alguno vaya, pero si van, debo recordarles que la finca es de su propiedad y que no son bienvenidos, salvo el doctor Thibaud, que va a viajar regularmente a revisar la salud de los indios y a darme dinero. El cascarón del perezoso es la pieza más importante del nuevo proyecto. Debo velar por el cascarón. Para la provisión de comida y enseres, comprar en por lo menos cuatro comercios diferentes por rubro. No hay que llamar la atención con el volumen de la compra. En Tandil me voy a encontrar con Damián O'Dogan, que se encarga de sus asuntos allá y que no está al tanto de nada, ni debe estarlo, pero que va a serme muy útil. Le dijo a O'Dogan que voy a hacer un inventario de la finca. De hecho no estaría mal que yo haga un inventario. Hay que cargar a los indios en el camión en menos de una hora. Serán unas ocho o diez horas de viaje en total. Que Venancia separe tres raciones de comida por cabeza y las envuelva para viaje. Él se encarga de hablar y organizar el viaje con los custodios y el chofer.

¿El chofer viene con nosotros? ¿No tiene familia?

No sabe, no importa, va a aceptar. Es un muerto de hambre. Yo tengo que elegir a las tres mucamas. Preguntarles quién puede dejar todo por un mejor sueldo e irse ya, tenga o no familia, por tiempo indefinido. Eso es importante también para mí: tiempo indefinido. Todavía puede darme unos minutos para que me arrepienta.

No.

Por la tarea se duplica mi salario. Los indios cargados en el camión, entonces, con sus raciones, con sus cosas, con mantas para el frío, en menos de una hora. Si quieren coger durante el viaje o de aquí en más, no hay que impedirlo. Si se reproducen, no hay que impedirlo. Los custodios y yo debemos abstenernos de coger con ellos. Olvidó decirme que su señora viene conmigo. Hay que dejarla en la casa de Lobos. Es un desvío menor. Si hace mucho no descargo, puedo cogerme bien fuerte a la señora, mal no le va a hacer, y es lo mínimo que merezco, una satisfacción mundana.

Su señora, coger, la satisfacción mundana. Ya tiene la cara que pone cuando recupera el buen humor.

Dos mucamas aceptan el viaje y la estadía indefinida. El resto presenta una lista de inconvenientes: hijos, perros, marido. Lloran para demostrar cuánto les duele no poder decir que sí.

Hay una mucama que duda. Dice que iría a Tandil si fuera con cuarto propio.

No hay tiempo de negociar con todas. Las otras dos vienen conmigo sin un pero. No sé con qué nos vamos a encontrar en Tandil. Le digo que en la medida de lo posible trataremos de trabajar en condiciones dignas.

Venancia dice que le han dicho que la residencia de Tandil es un palacete. Debería haber espacio suficiente para repartirse.

No sé qué dimensiones tiene el ala de servicio. No prometo nada.

La señora Dam me dice que aceptó viajar conmigo a Lobos, pero bajo sus condiciones. En el camión van a ir los indios adultos. Los chiquitos vienen con nosotros en el automóvil. Al menos un par. Ya mandó a comprar ropa de niño en Harrods. De ningún modo van a viajar desnudos. Son criaturas.

Le pregunto si lo comentó con su marido.

Por supuesto. Hay que separarlos sin que lo noten los adultos.

Es que no termino de saber quién es adulto y quién no. Lo deja a mi cargo. Me pide delicadeza. ¿Ya vi a los custodios cargando las cosas de los indios? Rompieron dos lanzas porque no entraban en el ascensor, son unas bestias. Ni loca los deja a cargo de su equipaje. ¿Tengo mi valija preparada? Cuando lleguemos a Lobos me va a regalar ropa que Dam ya no usa o no usó nunca. Tiene unos trajes preciosos. Con un par de ajustes sencillos voy a quedar hecho un caballero.

Le pido a Venancia que separe a los más chicos, pero no logra distinguir la edad de ninguno, por eso selecciona estos siete y los trae a la despensa.

De esos siete la señora Dam elige a dos varones que

tienen el típico pene campanilla de la infancia, la nena que de lejos parece una nena, y la de al lado.

Me dejan solo para que vista a las criaturas. Esto deberían hacerlo las mucamas, pero están cocinando para el viaje.

Hay dos pantalones cortos, remeras blancas de algodón, camisas de vestir y saquito de tweed para los muchachos, y vestidos como de comunión para las nenas.

Los rodeo despacio para no tocarlos. Se dejan mirar. Alzan la cola, se la abren para que los inspeccione.

Le calzo el vestido en la cabeza a una nena y lo desenrollo. El contacto de la tela la hace temblar. No hay manera de hacerle pasar los brazos por las mangas. La dejo en el vestido para que lo resuelva sola.

El resto se agacha para ver por debajo del vestido cuánto queda de ella.

Intento que metan las piernas en los pantalones. Hago la mímica de la acción. No hay caso.

Cierro la puerta, me bajo el pantalón y me lo vuelvo a subir para que entiendan. Inspiro atención inmediata. Uno intenta evitar con mano blanda que me suba la cremallera. Me dan náuseas.

Tomo del cuello al que tengo más cerca y trato de ponerle el pantalón. Se suelta.

Busco a otro.

Intento con otro. La cacería les divierte. Toman las prendas y me rodean para ser los próximos en jugar conmigo.

De tanto tocarlos se excitan. Quedo en el centro horrible de estas erecciones con las manos pegajosas de secreción infantil.

DOS

AMADO DAM
Buenos Aires. 23 de septiembre de 1933

Querido Thibaud, no me gusta escribir, por eso dicté esta carta a la señora de Cabelludo y le pedí que tradujera la versión taquigráfica para usted.

Hace un año quedé encerrado en casa y no pude asistir a las fiestas patrias porque una mucama perdió las llaves. Usted vino al día siguiente a contarme qué tal estuvo todo, gentil como siempre. De nuestra charla retengo las palabras exactas de principio a fin, que no fueron las mejores de usted, ni las más útiles, ni las más divertidas. Dirá que exagero o que hago alarde de una memoria sobrenatural.

Usted dijo:

una pelea callejera alentada por un grupo oficialista; muchachas en flor nutridas con leche de vacas argentinas, la cadera tomada por el tambor de las marchas y los himnos, bastante disponibles; nos dimos con ellas en cortejo; el discurso del Presidente; delicias regionales; el entusiasmo que usted y yo, querido Dam,

Iba a continuar, pero se atragantó con un scon, y para no escupirme tuvo la deferencia de correr a la chimenea y provocarse el vómito en dirección a las brasas. Evaporado, el vómito esparció su aroma en el saloncito.

Ese dato final conserva la escena como una experiencia memorable y la asocia con otra, muy diversa en contenido, que pasó hace dos años en una reunión de Comité en el Jockey.

En el Jockey me mostraba usted el quinetoscopio con foto-viñetas de una señorita que se inclina en un cantero para oler un rosal y estornuda aparatosamente. Un regalo para su hija.

Usted dijo:

es casi obsceno, la mujer inclinándose así, con cara de italiana, tan a la vista, pero mi hija difícilmente lo note y es barato, de factura nacional, la fantasía que ilustra es bien nacional, de nalga bien provista.

Mi asistente, que venía con los refrescos, perdió el equilibrio y aleteó para atrapar los vasos en el aire entre grititos como de gato que nos causaron mucha gracia. Usted se contuvo para no reírse porque su risa es la más presente, la más contagiosa del Comité, y se hubiera esparcido en el salón como una burla miserable contra un pibe de trabajo. Mi asistente consiguió recuperar los vasos sin derramar una gota y vino trotando hacia nosotros. Usted lo felicitó y aceptó el refresco con una inclinación de cabeza. Después me invitó a visitar unas prostitutas en el Armenonville, pero no recuerdo con qué palabras, porque vi unas partículas blancas en la comisura de sus labios, como si recién hubiera vomitado.

Ese es el dato que enlaza este recuerdo con el anterior y con el que sigue.

Hace unos meses le conté que en un rancho de Lobos vi a una mujer pariendo en cuclillas, con el cordón umbilical entre los dientes, mientras mi padre le cobraba el alquiler.

Usted dijo que no entendía por qué le contaba esto, y se le bifurcó la cara: con la mirada demostró amabilísimo interés por mi anécdota, y con la mandíbula, tedio.

Entonces le conté que el día de mi casamiento en Mar del Plata un caballo corrió al acantilado y se tiró al mar. Fue la presencia de mi esposa, que es el demonio. Los invitados lo miraron perderse en el agua tomando un vino que mandé servir para amenizar el rato.

Su cara se mantuvo igual. Recuerdo haber pensado en su falta de sentido del humor.

Su cara se enlaza con el vómito en mi chimenea y el de sus comisuras en el Jockey Club, y se abre a tres enlaces más: el cordón umbilical, el caballo en el mar, y el recuerdo de haber pensado en su falta de sentido del humor. No son recuerdos útiles, no puedo contarlos a cualquiera, ni usarlos para la vida práctica como el recuerdo de arreglar una rueda, pero quedaron fijados y son, con tiempo, el amontonamiento y la basura que me distingue.

Esto es para introducirlo en tema y de paso recordarle, por medio de anécdotas, el tenor íntimo de esta amistad, celebrar que callamos, que no nos delatamos, y predisponerlo a la escucha de lo que voy a contarle. Me remito a usted porque es objeto de mi admiración como hombre de ciencia y es curioso de novedades como yo.

Hablamos muchas veces con usted sobre los últimos estudios soviéticos en telepatía. Nos causaron ternura porque los experimentos incluían adivinación de cartas, un resto circense. Hablamos del amor ancestral de los rusos por el circo.

La mañana del 21 de septiembre y la noche del 22, los restos de usted en mí, mucha otra cosa atesorada, casi toda, y un pedazo de mi presente, me fueron robados, succionados, por otras dos personas. Yo recibí lo mismo de ellos, su basura amontonada. Intercambié información sobre el pasado, impresiones físicas como el dolor o la sed, emociones, recuerdos de terceros obtenidos en eventos anteriores, y cosas que todavía no sé qué son. De ese turismo obtuve otro mundo casi completo.

Un evento telepático. Esto es lo que quiero contarle, este hecho extraordinario.

Les mentí a usted y al Comité. Por error de mi asistente, la primera remesa de indios llegó al país hace una semana, antes de lo esperado. También por su error, quedaron varados en un limbo legal que me obligó a traerlos conmigo a mi piso del Barrio Norte. Si el Comité hubiera aceptado nuestra propuesta de viajar para estudiarlos antes de su inclusión en el parque, no hubieran llegado así, anónimos.

No sabía nada de ellos, ni hubiera podido saber nada, y las descripciones del parque serían espurias, el nombre de la tribu, el lugar de procedencia, sus dioses, su relación con los astros. Algún miembro del Comité hubiera inventado esa patraña. Ahora, por suerte, ese problema no existe.

Con los indios vino un artefacto vegetal del tamaño de un perro mediano, parecido a una nuez o un cascarón. Adentro había un perezoso que al liberarse me hirió una pierna. Esa parte usted la conoce.

Las garras del animal son curvas y protegen unas almohadillas porosas que absorben la sangre cuando drena por el canal trasero de la garra. Mi sangre se sumó a la suya.

La herida infectada empeoró con las horas. Entre la fiebre vi cosas nuevas a mis ojos, y el olor de mis sobacos, que me trae de la nariz a las cosas conocidas, se retrajo para darme aromas de otros lados.

Más allá de estas impresiones estuve consciente todo el tiempo, y dejé que el servicio me molestara pidiendo definiciones estúpidas y urgentes que en mi estado no podía atender.

La fiebre se fue al otro día, el día de la primavera.

Lúcido, pedí que me trajeran un café. La mucama, que está casi ciega, tropezó con un altarcito que improvisó a los pies de la cama para pedir por mi salud y derramó el café en mi cuello.

Con el café caliente cayó también un recuerdo ajeno a mí, uno de otra persona. No fue el café lo que detonó el evento, pero lo menciono para que usted entienda cuánto dura todo.

El recuerdo se almacena en mí como una pieza de experiencia directa. Pertenece a un indio, uno de mis huéspedes. Quedo amurado en una acción realizada por el indio, sobre la que no tengo dominio.

La experiencia es tan sorprendente como pueda usted imaginar. No insistiré en esto.

Es así: espera toda la tarde que los peces salgan a la superficie. Le dijeron que el río estaba revuelto, pero vino para estar a solas. De la mata sale una culebra que le muerde la mano.

El miedo a la culebra es solo mío, no pertenece al recuerdo, pero lo cubre como una lámina.

Sin confusión. Sé qué es de acá y qué no. El café baja por mi cuello. El dolor de la mordida permanece, pero no en mi mano.

Pienso que los indios me maldijeron, yo, que no creo en las brujerías de nadie. Es un modo mágico de presentarse ante mí y validar su condición de víctimas del proyecto. Mi generosidad con ellos hasta ahora fue en vano. No la valoraron. Eso pienso, como un campesino.

Sin pausa recibo otro recuerdo. Con este entiendo que el indio es mujer. Debí saberlo con el primero, porque ella había orinado sentada mientras esperaba los peces, pero lo hizo sin tocarse, sin separar demasiado el acto de orinar de cualquier otro, y no pensó en su vagina en toda esa tarde, lo que es natural, por lo que quedó fuera de registro, y no la sentí entre las piernas.

En este segundo recuerdo la vagina sí tiene un rol importante.

La india está en el suelo, casi dormida, al sol. Se filtra algo de lo que sueña, hay figuras superpuestas al paisaje.

Dos chicas le tiran ramas para que despierte. Quieren que les diga a qué distancia está el cenagal y que opine sobre la conveniencia de ir o no ir. Son unas pesadas.

Como respuesta la india abre las piernas y hace unos ciertos movimientos con la vagina.

Las chicas se van con esa respuesta al cenagal.

El intercambio tiene una mínima imprecisión deliberada que para los indios es un modo de la cortesía, porque los absuelve de ser confiables todo el tiempo.

Thibaud, le confirmo que un recuerdo no es el archivo preciso de una serie de fenómenos, ni una pieza narrativa claramente separada de otras piezas, sino más bien, como dicen los indios, una temperatura del cuerpo que recalienta el aire. El recuerdo es legible porque está irrigado por otros recuerdos y subrutinas de intensidad y duración variable cuyos datos permiten el entendimiento. Se obtiene una gran cantidad de información.

La información que obtuve de ese recuerdo: cuando no quieren hablar, usan los genitales para indicar tiempo, distancia y estados de ánimo. La musculatura del área es como la nuestra, pero con entrenamiento diario y humectación es posible hacer unos diez o doce movimientos que se usan para el intercambio de datos. Para narrar usan contracciones del ano que para usted serían verbos en infinitivo. Sujetos, objetos y el resto se señalan con el dedo.

Sin pausa recibo un tercer recuerdo, que dura días y lo que tarda en aliviar la traza ardiente del café en mi cuello. ¡Es útil la referencia del café!

Con manos y pies cavan en la tierra húmeda del cañaveral un pozo grande para recibirlos a todos. Son unos treinta, cubiertos de arcilla.

Se larga a llover. Toman las cañas y bajan al pozo. Los más chicos pueden colocarse la caña en la boca cuando están cubiertos de lodo hasta el cuello, los mayores esperan un poco más.

Aprenden a respirar por la caña en sesiones agotadoras antes de poder participar.

Los viejos ayudan a rellenar el pozo desde arriba derrumbando a golpes la tierra acumulada. El lodo que llena el pozo lo hacen la lluvia y los viejos. Tiran ramas y otras porquerías para que seque firme.

Cuando clarea hay más de un metro de lodo sobre la cabeza de los enterrados y unas treinta cañas robando aire de la superficie.

De vieja podré mirar desde arriba las cañas silbadoras que salen del suelo duro y cavar, como hacen los viejos, hasta que vuelvan los que logran sobrevivir enterrados por tres días.

Así terminó la primera fase del evento. Volveré sobre las fases.

Ahuyenté a la mucama y me limpié el café del cuello. Salté de la cama y corrí a los cuartos de servicio para encontrarme con la india y abrazarla, pero no la reconocí en nadie. Vi muecas raras de las mucamas. Querían ocultarme que la india se había escapado.

Por suerte el ama de llaves previó un vahído y mandó traer un silloncito que ya estaba a mis espaldas para recibirme.

Reemplacemos el café por el sillón. Tome usted la trayectoria de mi cuerpo hasta el sillón. Antes de caer del todo recibí un tipo de información distinta a la anterior, una colección de impresiones corporales de la india fugitiva: frío, pies lastimados, la respiración agitada, olor a combustible y ganas de cagar, todo pasando en otro lado, pero no en la selva, sino a unas pocas cuadras, bajo la torre inglesa. Así empieza la segunda fase del evento.

Antes, algunas precisiones.

Lo que llamamos telepatía o imaginamos como una transacción mental, para estos indios es una secreción, algo que se expulsa del cuerpo, como el sudor. El verbo que usan para describirlo incluye la idea de sudar, la de vomitar para limpiar las tripas del exceso de alcohol, la de mirar hacia arriba buscando el cielo entre las ramas, y la de sorprender a alguien en la oscuridad. Es una actividad recreativa. Usted y yo lo llamaríamos un vicio.

Cuando tienen ganas, abren el cascarón y se dejan lastimar por el perezoso. Puede haber una relación entre la profundidad de la herida y el tiempo del evento, pero como la india no lo sabe yo tampoco puedo afirmarlo.

La única precaución a tomar en cuenta es no dejarse lastimar dos veces en un mismo día.

La india usó al perezoso la noche en que se los llevaron a todos. Ya le contaré en persona cómo se los llevaron. Después el perezoso me atacó a mí.

El evento se encadena entre el último que usó al perezoso, en este caso ella, y el siguiente que lo usa, en este caso yo. Con una sola herida se ganan dos eventos.

El primer evento se dio con ella y el siguiente, que no pude impedir, con un hombre occidental. Volveré sobre esto.

El evento se da en dos fases. En la primera los recuerdos calibran el encuentro, como un flirteo. La recepción de recuerdos ajenos es simultánea, pasiva y unilateral. No sé qué recuerdos míos recibió la india en ese flirteo, y viceversa.

La segunda fase es un presente compartido. Por casi dos horas, lo que hace el extraño, lo que piensa, está habitado por dos, como uno. Los dos amurados en una acción por realizarse.

No hay control sobre la conducta del otro, pero sí un acceso irrestricto a los materiales disponibles.

Es una actividad recreativa porque con la segunda fase llega una abrasión de placer físico humillante que arruinaría de ocio y sexo al más virtuoso. Un acto lúbrico endiablado. Mientras pasa no puede hacerse otra cosa, porque se está en dos lugares a la vez, por la cantidad de información, y por el placer. Mejor quedarse sentado, o sumergido en barro, como hacen ellos.

Las partes alteradas por la experiencia son los genitales y el ano, el hígado, los riñones, el esfínter, que se iluminan como lucecitas de una caravana de circo, y el perezoso.

Para ellos el perezoso es parte física del proceso y lo incluyen entre los órganos del cuerpo humano que los ancianos describen para los nenes con las piernas bien abiertas.

Es así: la india corre por el Retiro, más o menos vestida con un traje mío. La segunda fase del evento la toma cuando cruza la calle hacia el Hotel Plaza, que la llama por su altura. Ya recibió mis recuerdos y busca un lugar solitario para gozar sin ser molestada y mirar las cosas desde arriba.

Se quiebra de placer y provoca un choque de automóviles. Yo ya estoy ahí. El miedo a ser atropellado es más mío que de ella.

Me encierro en el cuarto para que las mucamas no vean mi erección, y por un momento, vea qué tontería, siento vergüenza por la india, pero a ella mi pene duro entre las piernas la retuerce de gusto.

Mientras nos damos a esto recibo el agobio de la ciudad y el de estar en mi casa, que le parecen horribles.

Subimos por Florida en medio de un desmayo general. La gente no está acostumbrada a ver indios por la calle.

En mi mapa de la ciudad no hay ese espacio tranquilo que ella busca. Se le ocurre que el único refugio para disfrutar el evento es hacerlo dentro de un vestido. Mi traje no le alcanza. Los vestidos le dan mucha curiosidad, quiere entrar en uno. Si lo arranca de la primera mujer que ve, habría que forcejear así como estamos, velados de placer. Con material mío piensa que es mejor ir a Harrods. Corremos a Harrods.

Arremete contra las puertas de cristal de la entrada. Con los cristales conserva alguna confusión. Los tocó en mi casa, y en el barco, pero cree que podrían existir otros más blandos, porque la primera imagen con la que los comparó fue la de una burbuja que se deshace al contacto.

El recepcionista enano amaga con cerrarle la puerta en la cara, pero ella entra antes, a grito pelado.

Nadie mueve un pelo.

Otea el salón. Vestidos no hay. Yo no recuerdo en qué piso hay vestidos. Hay que explorar la tienda hacia arriba.

Se saca mi traje de un tirón. Camina en silencio. Busca en los cuellos y en la posición de las rodillas de los clientes el impulso muscular que antecede a un ataque, pero están todos flojos y concentrados en el hecho de que ahora está desnuda.

En la escalera me precipita a una subida en cuatro patas. Ahora sí la gente grita. Es espantoso ver a una persona corriendo en cuatro patas. Pero no hay mejor manera de subir. Con el peso bien distribuido, el cuerpo se aligera y gana velocidad.

Yo no sé todavía si el placer que me doblega me gusta o me tortura. Me preocupa la india suelta en Harrods, traída acá por mi llegada, entorpecida porque le exijo atención a detalles que para ella no son una amenaza, como los empleados que nos siguen de a pasitos y pegados entre sí, o a cosas que no quiere y yo sí, como un arma de fuego.

Roba un paraguas y lo prueba destruyendo un par de vitrinas para aumentar el placer del evento con un acto de violencia. Quieto en el sillón, no puedo darle nada parecido.

Los vestidos están en el cuarto piso. Se mete en uno enorme en el que puede moverse.

Corre al ventanal. Notó que a partir de cierta altura los edificios no se usan desde afuera. No vio a nadie caminando en las cornisas ni sentado con las piernas colgando en el vacío. Las ventanas le parecen puertas incompletas que alientan a salir y a la vez lo prohíben.

De esto elabora cinco hipótesis:

El blanco es poco inteligente.

El blanco tiene problemas en la piel. No usa el equilibrio.

La ciudad fue hecha por gente con otro cuerpo y otras proporciones y el blanco llegó de otra parte, como las moscas, y la habita porque no supo armar una ciudad acorde al blanco, y sobrevive empalado a un espacio que lo expulsa.

Digo blanco para que usted entienda. Nos piensa con otra palabra, un verbo que describe la acción de desollar un animal, y literalmente nos ve de un color exaltado que no es nuestro ni verdadero.

Salir a la cornisa le asegura un rato de soledad. Resuelve el mecanismo de apertura de la ventana por su cuenta, sin valerse de mí, como hizo con las cerraduras y el ascensor cuando se fue de casa. En comparación con la selva la ciudad le parece sencilla porque es toda humana.

En la cornisa casi me caigo del sillón. Es un chiste para usted.

El vestido la agobia apenas traspasa la ventana. Sale por el cuello y lo patea a la calle. Algunos saltan para atraparlo, pero queda enganchado en la marquesina.

Se sienta y mira la ciudad. Se pregunta cómo se habrá plegado el mundo para parir semejante cosa.

Verá, para ellos la idea del plegado es muy importante.

Es su único arraigo.

La palabra que corresponde a *plegado* me llega con el sonido de las susurradoras que cantan la historia del plegado original desde el fondo de los pozos.

El susurro abre esta información.

La noche de cantar la historia del plegado original están todos muy cansados porque estuvieron el día entero cavando para acomodar a las susurradoras. El canto de los pozos es tan débil que se confunde con el ruido continuo de la mata.

Si los susurros no se escuchan y la música corre peligro de cortarse, les toca completar la melodía. Saben la música y las palabras desde chicos.

El canto empieza con una referencia a las materias elementales como en casi cualquier mito de origen. El agua pliega sobre el agua y hace el río, la tierra se acuenca para que no desborde, el río pliega sobre la tierra y hay lodo.

Sigue así un buen rato: las llanuras se pliegan, nacen las montañas, las nubes se pliegan, hacen otra cosa que se pliega, etcétera.

Para cuando están la mayoría de las cosas y de los animales, se pliega el perezoso y produce personas.

Las primeras personas que salen del perezoso usan piedra para trazarse genitales en la entrepierna vacía. El canto describe esos genitales en nueve tipos distintos, pene, vagina y otros siete, cada uno con variantes posibles según extensión, orientación, movilidad, irrigación, profundidad o extrusión. El número no es un símbolo, resulta de comprobación directa sobre la historia de los genitales del pueblo. La explicación se corta con el único grito colectivo del canto. Las manos se hunden en los pozos.

El canto sigue con la historia de las moscas y la ciudad. Esta parte tiene una estructura de tema y estribillo que se mantiene estable en sus primeros movimientos, con el estribillo separando las nociones básicas de cada porción del canto, como en una división en párrafos o capítulos. Con el avance de la historia el tema pierde presencia y la música termina por componerse solo de estribillos, cada uno con una consigna verbal que resume ideas generales para los más lentos del grupo, y un estremecimiento físico asociado. Las palabras y el orden de las palabras de cada consigna producen una serie de impresiones tan vívidas como las de un recuerdo o una experiencia directa del presente, pero no pertenecen a nadie en particular.

La historia de las moscas y la ciudad empieza con un conjunto de advertencias sanitarias para no atraer moscas y la receta de una molienda sanadora de la piel.

Le sigue un estribillo que dice que el plegado original de las moscas ocurrió en otro sitio, por resultado de un plegado diferente, y que llegaron por filtración.

Cantan la escena del tifón de moscas que casi extingue a la gente. Los que sobreviven, de piel más gruesa, se tienden en el lecho del río para que el agua los cubra y los alivie en la crecida.

Esta porción que traduzco literalmente para usted es la única que en ocho o nueve horas de duración del canto puedo traerle sin pérdida, por la distribución de sonidos y silencios que encajó en las posibilidades del castellano:

> *Yacieron cubiertos, como muertos, los cubrió el agua, y cuando el agua bajó los dejó estancados. Se cubrieron de moscas, los picaron las moscas, les chuparon la sangre y volaron lejos, a otros pantanos, con otros dormidos. También los picaron.*

La gente, que vivía a la intemperie, se ve obligada a construir las viviendas como protección contra las moscas.

Las viviendas se pliegan y hacen la ciudad.

Eligen un terreno de arcilla, lo desmontan con fuego y dibujan en el suelo la traza completa de los canales de la ciudad con líneas onduladas que, superpuestas, dejan parcelas con la silueta de un ojo humano. La semejanza no es intencional, es solo el resultado de la superposición.

El tamaño de las parcelas sirve para construir una vivienda para unas doce o quince personas, hecha de adobe y madera, en un máximo de dos niveles apilados, apoyada en una plataforma de cuatro o más patas que la elevan del suelo por encima de la cota máxima de crecida del río, rodeada de tierra suficiente para el pastoreo de animales domésticos y sectores de selva virgen domesticada como jardín.

La regularidad de la traza impide a la ciudad futura desarrollos que superen esta medida razonable que regula cuánto se puede tener y acumular, y cuánto no, y qué congestión humana es deseable; deja que el agua circule sin obstáculos y se distribuya uniformemente en las crecidas; regala el placer visual de una retícula ordenada en medio de la selva. En este último aspecto, la sensibilidad de los indios es como la nuestra.

Los canales se cavan en la arcilla siguiendo el dibujo de la superficie. En el fondo se arma el sistema cloacal de tuberías cerámicas que abastece todas las parcelas y se deriva a los campos de cultivo. El canto precisa el modo de encastre entre las tuberías para impedir filtraciones.

Se revisten las paredes y se cubren las cloacas de los canales con una capa gruesa de arcilla impermeable blanca que con el fuego endurece como roca. Se elige este color de arcilla para control de la limpidez del agua a simple vista.

El estribillo evoca la imagen de los canales llenos de ramas y el incendio nocturno que endurece la arcilla y fumiga el total de la ciudad, librándola de las moscas.

Antes de inundar los canales con el torrente del río, la gente sube a los árboles a mirar la ciudad nonata.

Las parcelas con forma de ojo se hacen islas.

La circulación seca entre islas se hace por medio de puentes flexibles de goma natural que se emplazan en lo que serían los lagrimales. Resisten un peso de treinta personas y pueden izarse para dar paso a embarcaciones de porte.

La circulación peatonal húmeda es un recorrido por sectores semisumergidos que refrescan al caminante los días de calor.

Cada isla tiene por lo menos dos pozos de extracción de agua potable directamente conectados a la napa. El agua para navegación que circula en el cuenco blanco no entra en contacto con el agua que se bebe.

El estribillo invita al ciudadano a saltar y rebotar en

los puentes elásticos, y a usar el agua de los pozos para despertar a los ancianos con baldazos sorpresivos. Hay una incitación a la puerilidad que no se contradice en ningún punto con el método riguroso aplicado en el diseño de la ciudad. La producción de tiempo libre para el ocio es una prioridad del plan.

El canto pasa a explicar el ocio como una medida de tiempo que se obtiene para no hacer nada o trabajar por placer y pone como ejemplo el cuidado público de los hijos que ya caminan. Forzar a un hijo a convivir con quien lo parió es injustificable, por eso cuando ya pueden valerse solos es mejor dejarlos deambular de casa en casa y de isla en isla al cuidado amoroso de cualquier adulto. El pacto de los adultos, que es el estribillo de esta parte, es cuidar de todos los hijos con la misma atención, no como un deber, sino porque en el reparto público de las tareas la fracción de trabajo individual es siempre breve.

Las susurradoras alzan cinco dedos desde el pozo. Para los números usan los dedos como nosotros. La ciudad es útil por cinco generaciones, pero se dan estos problemas:

El revestimiento impermeable de los canales no alienta el desarrollo de vegetación acuática, y en el agua limpia los peces no tienen de qué alimentarse. Hay que pescarlos en el río, que está cada vez más lejos.

La gente se apiña sumando pisos en las viviendas, por apego obstinado a una fracción de canal que sienten propia, como si el agua no circulara.

En la fricción de los cuerpos de la quinta generación de ciudadanos reaparecen las moscas con enfermedades frescas y solo sobreviven veinte, de los que descienden todos hasta hoy.

Termina con la melodía de las susurradoras que cabecean de sueño mientras amanece. Cuentan el fin de la ciudad, que se pliega en la tierra y deja a la gente con un gusto feo en la boca que perdura hasta ahora y llega a mi boca a través del canto.

Ganaron las moscas. Este es el último estribillo, ganaron las moscas. En su repetición y en la repetición del estremecimiento físico asociado, que conduce al frenesí, se abre una información verbal que advierte, sin tono admonitorio, más como una humorada, que la historia del plegado original fue otra.

Que no todos fueron buenos entre sí.

Que la época y la locación de esa ciudad pueden precisarse sin problemas.

Que al abandono de la ciudad le siguió el del apiñamiento y la agricultura y que en cada paso conquistaron más tiempo para el ocio.

Que ese tiempo se destinó a la telepatía y eso los hizo cada vez más inteligentes.

Que en algún momento los eventos cerrados a dos personas y el perezoso fueron vistos como una experiencia limitante por un grupo de caudillos que buscaron la telepatía colectiva haciéndose atacar en grupo por el perezoso en sesiones interminables que los dejaban al borde de la muerte.

Que no lo consiguieron, pero que sin saberlo reabrieron la misma grieta por la que llegaron las moscas.

Que de esto deriva la sugerencia de no hacerlo más de una vez un mismo día.

Hay que ayudar a las susurradoras a salir del pozo, llevarlas a dormir, velar por su sueño en lo que dure, o, si no están cansadas, charlar con ellas de lo que gusten, y acceder a lo que pidan con la mejor predisposición.

Esa fue la información que me dio el sonido de la palabra *plegado*.

En la cornisa la india coteja las imágenes de esa ciudad con mis propios materiales y llega a una respuesta provisoria sobre el cómo de Buenos Aires.

Yo sigo retorcido de placer como una culebra, cubierto de semen hasta los pies. Resisto a la india caliente que mientras piensa todo esto quiere que me autosuccione el pene para regodeo de ambos.

En medio de estas maravillas la nota más alta es un regreso violento a lo conocido: de una ventana veo salir a mi asistente embutido en un corset de señora que le pusieron para amarrarlo a un radiador.

Él, siempre tan tenue, en la cornisa, comprometido de cuerpo y alma en la solución de un lío que posiblemente causó. Lo último que quiero en este momento es hacerme responsable por su vida.

Por suerte logra sentarse a nuestro lado. No intenta sujetar a la india, ni nada. Canta muy bajito una canción cristiana.

De esto la india deriva algunas conclusiones sobre el miedo de los blancos, entre ellas que el susurro cantado de mi asistente es un modo blanco de gritar. Cuando las contrasta con mis materiales entiende que el canto del asistente proviene de la fe religiosa, y con eso la fe y la religión, que no conoce.

Las sopesa encantada por la novedad.

Como acto para el mutuo bien, decide encargarse de calmar a mi asistente. Para estos indios el bien es siempre del orden de lo práctico. Hay que consolar al asistente. La costumbre es hacerlo imitando al que sufre. Del pesar, para ellos, se sale con burla.

Lo más parecido al canto del asistente que encuentra en mí es un padrenuestro sin usar, y lo ensaya en voz alta para él.

Mi asistente se despierta con el espanto de la india diciendo el padrenuestro en español y repta pegado al piso entre meneos y grititos. Ruega que lo rescaten, desgañitado. Es verdaderamente un papelón.

La india sabe que la vuelta a mi casa va a ser complicada. La gente, el tipo que grita, los automóviles, la policía. En particular la idea de la policía, ahora que más o menos la entiende, la sacude. No debió haber tirado el vestido. Se arrepiente, como una occidental.

Con mis materiales adopta la pose de una señorita indefensa para que la vean desde adentro. La indefensión inyecta los testículos de mis custodios, que ya están ahí.

Primero rescatan a mi asistente. A la india la envuelven en una frazada nueva y nos arrastran por el parquet hasta un ascensor de servicio, con todo el placer que puede dar un deslizamiento así cuando uno está enardecido.

Para que no se alarme, le adelanto que la aventura se resolvió con la máxima discreción, sin policía ni ambulancia. Su apellido, el mío y los del Comité, intactos.

El evento terminó en el viaje de vuelta a mi casa. Lo último que recibí de la india fue la inspección cuidadosa que hizo de unos anteojos, sentada en el asiento trasero del automóvil. En las patillas había un enredo de pelos teñidos de rubio que se pegaban en los dedos. Eso la puso muy triste, pero no hubo tiempo de saber por qué, ya estábamos desprendidos.

Los órganos se enfriaron de a poco. Una ducha reparadora y una copita de licor. Fresco como una lechuga.

Bajé a esperar la llegada de la india con ganas de abrazarla cordialmente por el regalo recibido. Un dato llamativo del evento es que sumergirme en ella no alcanzó para amarla. Uno pensaría que ponerse en los zapatos ajenos es la base del amor y la solidaridad. No fue el caso. También es cierto que el evento no se llevó demasiado de mí. Estaba renovado por la experiencia de haber sido una india por un rato, pero me reconocía. Eso sí: lo que reconocía como mío y no de ella, me parecía arbitrario y reemplazable. Por suerte con las horas esa impresión se fue yendo.

Pienso que en su delicadeza los indios prefieren no quedar comprometidos con cada uno de los cientos o miles con los que se unen y envician en la vida, y el evento activa algún humor corporal que anula los sentimientos empáticos. Otra hipótesis al voleo: ese mismo humor corporal preserva vaya a saber qué elementos específicos que permiten, si no reconocerse, al menos sí reconocer el evento como vertido desde otro.

La india salió del automóvil sin interés por nadie. No hubo abrazo. Pedí que la llevaran a un cuarto separada de los demás, bajo llave.

Como en un paso de comedia, también llegaron:

Mi asistente, que bajó del automóvil con ganas de contarme todo lo que yo ya sabía.

Mi señora, que es el demonio, preocupada por mi fiebre y con veinte valijas para establecerse en Buenos Aires hasta mi sanación, cosa imposible si la tengo cerca mucho tiempo.

El cartero con una carta sin firma del embajador del Perú en la que el indio letrado y resentido desconoce responsabilidad sobre los indios y la existencia de los indios.

En lo básico, Migraciones certifica el ingreso de diecinueve indios a la Ciudad de Buenos Aires y la Embajada del Perú niega el ingreso. Mientras sigan en este limbo, disponemos de ellos.

Por eso, al rato, decidí:

Retirar mi apoyo personal y financiero al proyecto del Parque Etnográfico, desvinculando el terreno de Tandil, de mi entera propiedad, de cualquier emprendimiento que organice el Comité de ahora en más.

Renunciar a la dirección del Comité.

Sacar a los indios de la Capital y esconderlos en la

finca tandilense, con el cascarón y el perezoso.

Poner a mi asistente a cargo del traslado de los indios, en honor a su actuación en Harrods.

Devolver a mi señora a la estancia de Lobos.

Comunicarle a usted todas estas nuevas, y pedirle que instrumente un protocolo de investigación y estudio sobre el evento que pueda llevarse a cabo entre los indios y nosotros dos como primeros cobayos.

Extraer junto a usted la mayor cantidad de información sobre los indios en busca de otros artefactos o cualidades de utilidad.

Identificar y registrar los principios generales que mueven el evento, teniendo como meta, en esta etapa fundacional, la obtención de claves instrumentales para uso de espionaje privado y/o estatal, siempre a favor de los intereses de la patria.

Preparamos la partida a Tandil y saqué una foto del automóvil que llevaba a mi señora, las mucamas y mi asistente, y el camión con los indios, bajando por la Avenida Santa Fe hacia el arbolado precioso del parque.

Eso fue hace unas horas. Por la madrugada sufrí una contracción del perineo que puso mis genitales en alerta. El evento iba a repetirse, no sabía con quién. Si el perezoso atacó, algo había salido mal en el traslado.

Me encerré en el dormitorio con toallas.

Entro en un recuerdo ajeno con la silueta fantasma de mi cuerpo adulto en el cuerpo de un nene de diez años.

El foyer del Teatro Colón. Sube la escalera con su madre, una italiana de clase media, maestra normal. Es un recuerdo infantil y occidental. La información me llega más rápido y en mayor cantidad que con la india. Es un mundo que conozco, la experiencia no se malgasta en primeras impresiones.

No tengo en claro si el que recuerda es un nene o un adulto. Thibaud, ¡el miedo! Miedo a un nene herido por el perezoso, muerto por una infección. Miedo de vivir el acto lúbrico endiablado con un nene.

La atención del momento pasa por evitar una vergüenza. El problema puntual es la madre. Es melómana. Resopla fuerte cuando considera que un músico está por debajo de la música. Es sensible y escandalosa. Si dispusiera de un silbato lo usaría. Me llega una colección de angustias públicas del nenito en escenas de su madre buena pero arrebatada en la escuela, en el hospital, en un bautismo, contra el coro de la iglesia.

El nene no quiere papelones frente al público mayoritario de buena clase. La emoción vergonzosa típica de la clase media. Es feo que siendo tan jovencito ya la tenga incorporada. Mi padre, Segundo Jorge Dam, decía que la clase media se hereda en sangre como una pobreza del espíritu.

Antes de entrar se atrevió a pedirle a su madre que fuera discreta. Ella le prometió que sí, pero dejó de mirarlo y pasó a ocuparse enteramente de su peinado, tocándoselo con ambas manos como si fuera a caerse o, por momentos, como si quisiera derribarlo. Sentir la vergüenza de su hijo la dañó y dañada es más propensa al griterío. Se siente un bobo por no haber previsto las consecuencias del pedido. Mucho se va en el clamor culposo de su imprevisión. Pudo no haberle dicho nada, pudo confiar en ella. Empeoró las cosas.

La escalera es interminable. Se detiene a recuperar el aliento. Ve que el peinado de mamá es el más alto del teatro.

Abajo se abre un espacio en blanco alrededor de un hombre desnudo empapado en brea, un enajenado. En el recuerdo no hay ningún dato que permita saber el porqué de ese hombre en el foyer. La gente se aparta de él con una sorpresa silenciosa que para el nene es muestra de buena clase.

Si su madre girara y lo viera sería la primera en gritar, en lo alto de la escalera, en el centro natural de atención, no de miedo, sino para pedir que alguien lo ayude, pobre hombre, porque es buena, porque tiene la bondad vacuna de una empleada del Estado. Es el nene el que asocia bondad con vacas y empleados del Estado, no yo.

El nene la toma de la mano para acelerar la subida, para que no vea, pero no suele darle la mano, y por lo extraño de esa mano en la suya, la madre gira, ve al loco cubierto en brea y grita.

Para colmo nadie se le suma. El grito de mamá gallina en el Teatro Colón.

Un empleado aprovecha que todos miran a mamá para derrumbar al tipo tomándolo de atrás por los tobillos. En la caída, el pie negro de brea se desprende de la pierna, deja al descubierto los bordes necrosados de un corte recto y queda en manos del empleado.

Gritos del empleado.

El nene piensa que él también gritaba así cuando se asustaba, pero dejó de hacerlo. Se gobernó. Mejor corregirse temprano. Su atención se desvía de lo que pasa, de su madre, del pie cortado, en la satisfacción de haberse corregido.

Otro recuerdo. Camina a campo abierto de noche. Lleva un maletín. Con la luz de la linterna deslumbra a un gallo que lo ataca con los espolones en alto.

Es un gallo mío. Del susto suelta el maletín, pero hay unos papeles importantes que no pueden perderse y lo recupera antes de que toque el suelo. Que los papeles sean más importantes que el gallo me dice que este recuerdo y el anterior son de un adulto. No es un nene. Es mi asistente.

Sale corriendo y en la oscuridad se choca conmigo. En el recuerdo soy poco más que un bulto con una cara inmóvil de piel muy fina, más delicada que la mía.

La primera fase termina con este recuerdo.

En los minutos libres antes de la segunda fase preví el asco del acto lúbrico endiablado con un empleado varón.

Entro a mi asistente a la intemperie, en el frío de la Tandilia, sin pantalones y con la camisa rota. Tiene cortes escarchados de sangre en las piernas y en el pecho. Camina a la luz de la luna por la cantera abandonada.

Entrar a mi cuerpo lo enloquece. Los órganos inflamados funcionan al margen del frío. Podríamos morir y el evento seguiría activo con calor propio.

Mi señora siempre dijo que era un manfloro. Todo el mundo lo dice. El chiste con el resto del personal es que mi asistente trabajaría gratis si yo me lo cogiera. Pero no, el muchacho es un hombre. Con el pene doble en erección de infarto, el asco es mutuo, y cuando se va el asco y nos morimos de gusto, peor. Esto provoca una nube de información subsidiaria que nubla el presente compartido.

Nunca vio una cantera. Le sorprende que la erosión natural haya dejado cortes tan limpios y geométricos en la roca. Este es un ejemplo de información subsidiaria.

También recibo una información exclusivamente verbal, que es, entiendo al rato, un relato adherido a lo que va pasando, como un recitado o una versión taquigráfica de su presente, pero con palabras. Esto es otro ejemplo de información subsidiaria.

Quiero saber qué pasó, qué salió mal, quién se equivocó, cuántas veces.

Se arropa en la idea de poder quedarse solo de este lado, conmigo, en la cama, irse de la pesadilla. Se tira bajo una saliente cúbica de la roca, y voluntariamente recuerda su día entero para mí.

No me ahorra el episodio en la cornisa de Harrods, aunque sabe que yo ya estuve ahí, con él y con ella.

El recitado sobre la escena es insoportable. Adjetivado y miedoso.

Vuelve a casa. Mientras organizo al detalle el traslado a Tandil y él me odia por interesarme más en la india que en él, pobrecito, mi señora, en parte a escondidas y en parte descaradamente frente a mí, le da curso a otra agenda, la suya, que a la larga hunde todo. Agita un motín entre las mucamas. Manda a comprar vestuario obligatorio para los indios más chicos. Hace cambios irracionales en el plan de traslado. ¡Habla en mi nombre y le hacen caso! No es la primera vez. Siempre fue muy persuasiva, más si es para contrariarme, no tanto por su oratoria, sino porque concluye las oraciones en tono afirmativo, incluso cuando hace preguntas. Esa música fascina a los simples. Él le obedece como un perro. Para el resto del equipo, mi asistente pasa a ser el vocero oficial de mi señora.

Contra todo lo acordado, contra el sentido común más básico.

Acomoda a los chiquitos vestidos en el centro de la butaca trasera y las mucamas a ambos lados, contra las ventanillas. Adelante van el chofer, mi asistente y mi señora.

El viaje a Lobos dura unas dos horas. El recuerdo contiene una experiencia muy precisa de esa duración. Los nenes patean la cabeza del conductor, se contorsionan sobre las mucamas, lamen los vidrios, hablan a los gritos, escupen a mi asistente. En ningún momento intentan escapar, lo hubieran conseguido con poco esfuerzo.

Ya llegando, en el camino hasta el casco, aprenden a desabrocharse los pantalones y empiezan a masturbarse. Mi señora gira por primera vez y pide que los calmen.

Mi asistente no conoce la estancia de Lobos. La casa le recuerda la foto de un castillo alemán que vio en un libro de mi biblioteca. La imagen viene asociada a varias escenas en las que revisa mi biblioteca con los huevos en la garganta por si entro y lo descubro, todas en blanco y negro, como la foto del castillo.

La casa en la luz del atardecer y el olor de los jardines lo clavan en el suelo, y aunque mi señora sale corriendo del automóvil en convulsiones de llanto y habría que asistirla, se queda donde está. La mira sufrir como en una postal.

A moco tendido mi señora le sugiere que suelte a los indios en el parque, las mujeres en el jardín inglés, los hombres en el francés, para que hagan sus necesidades y estiren las piernas antes de seguir viaje. Ella se encarga de los nenes.

Le hace caso. Deja a los custodios con el grupo masculino y sigue con taquicardia al grupo femenino hasta el jardín inglés.

Las mira mear y cagar. La india fugitiva está entre ellas, pero no la encuentra. Todas las caras le parecen iguales.

Se hace de noche, baja la temperatura. Los indios están en el camión. Las mucamas y los custodios comen algo a las apuradas. Él empina un vino blanco que acaban de traerle.

Llega mi señora maquillada como una puerta. Suele hacerlo para disimular que llora.

Dice que vio a los nenes jugando en la escalera de la casa, sonrientes, acostumbrados a la ropa, y decidió quedárselos. Darles comida, salud, trabajo, hacerlos hombres de bien. Además ningún adulto del grupo se alteró por la ausencia. No les interesan. No son su familia.

Mucho se va en el rumor culposo de mi asistente de no haber previsto este último pedido. Debió haber dicho que no a muchas cosas para evitarlo. Dijo a todo que sí. A esto también.

Antes de seguir viaje mi señora lo invita a probarse unos trajes míos que nunca usé. Él se niega rotundamente. En el recitado que acompaña la escena la negación se asocia a un acto de dignidad. Para la clase media sentirse digno de tanto en tanto es muy importante.

Entre esto y lo que sigue recibo una guirnalda de escenas brevísimas que tienden a demostrar que siempre fue un buen empleado.

Falsificó una firma para no interrumpir mi siesta.

Mandó a limpiar la sangre del frigorífico para que mi visita fuera placentera.

Me limpió las axilas con alcohol.

No creo que él seleccione estas escenas para mí, porque se filtra una en la que imita mi forma de hablar frente a las empleadas, incomodísima, y otra en la que pone en riesgo la vida de mi madre para salvarla y llamar mi atención. Flor de hijo de puta. Sí creo que su ansiedad por congraciarse conmigo regula la emisión.

Dormita en la parte trasera del automóvil oliendo el cuero del asiento. Sueña que es mujer y que la contratan como mesa auxiliar en un tugurio del puerto, para que los clientes jueguen a las cartas sobre ella. Después sueña que los indios le hacen una broma con unos anteojos. Despierta a pocos kilómetros de Tandil.

Pasa a buscar las llaves de la estancia por la casa de O'Dogan, que se encarga de mis asuntos en Tandil. Es de madrugada, la ciudad está muerta.

O'Dogan, que dormía, invita a mi asistente a esperarlo en el living junto a una chimenea de mármol labrado. Le cuenta que se la instalaron la semana pasada. Es el primer paso de una serie de remodelaciones que planea para aumentar el valor de la propiedad.

Vuelve casi veinte minutos después con perfume y engominado, impecable, pero sin las llaves. Recorren juntos el resto de la casa y mientras busca en cajones y estanterías O'Dogan no se priva de contarle con detalle qué proyecto tiene para cada espacio.

Mi asistente lo escucha reteniendo lo mínimo. Ese mínimo es la información subsidiaria del recuerdo. La información urgente es el cálculo de lo que queda para cerrar el día. Los custodios, las mucamas y los indios deben estar congelándose en el camión. Falta llegar, instalarse en la casa, instalar a los indios. Nadie cenó todavía. Pero la cháchara de O'Dogan consigue que los datos subsidiarios se infiltren en los urgentes, y entre previsiones responsables mi asistente paladea el mal gusto de la decoración y vibra de regocijo cuando ve que el living francés no tiene dos sillas de un mismo Luis.

Al fin O'Dogan dice que las llaves deben estar en su oficina, a dos cuadras, frente al palacio municipal. Insiste en hacer juntos una corrida a pie. Mi asistente acepta.

Cruzan la ciudad vacía al trotecito. Pasan por el palacio municipal y O'Dogan finge que necesita parar y recobrar el aliento para que mi asistente aprecie el edificio. El orgullo provinciano no descansa. A mi asistente el recurso le parece patético y escucha como un reflujo el grito de mamá en el Teatro Colón. Intuyo que la clase media se explica su posición en el mundo valiéndose de traumas sencillos como este.

O'Dogan abrió su estudio frente a la plaza sin reparar en gastos. Antes que su casa, fue su primera gran inversión. Acá mi asistente no logra encontrar un solo defecto.

Vuelven con las llaves.

O'Dogan le pregunta si es difícil ser rubio en Buenos Aires. Si es un blanco fácil.

Mi asistente no entiende el chiste. Dice que Buenos Aires está llena de rubios.

O'Dogan dice que no conoce Buenos Aires, pero sí La Plata, la ciudad más moderna de la América del Sur, y que Tandil concentra mayor población rubia que La Plata, porque sacando una minoría de españoles, el total de los tandilenses son franceses, italianos del norte, que son como suizos, y sobre todo daneses. Señala una iglesia luterana. Es obvio que desvió el regreso para pasar por esta iglesia. Dice que también hay irlandeses y le da su tarjeta: "Damián O'Dogan, martillero público".

Mi asistente no responde. O'Dogan le pasa el dato del único burdel de Tandil con cien por ciento de blancas.

Mi asistente le dice que no frecuenta burdeles. Es verdad. Quiere hacerlo en tono conclusivo, imitando a mi esposa, pero le sale mal, como una queja.

O'Dogan no puede evitar reírse.

A mi asistente pasa a importarle un carajo el bien de la operación secreta y elabora un plan pueril, sin previsión de contingencia, para asustar a O'Dogan liberando al perezoso.

Cuando llegan, mi asistente corre y abre el baúl del automóvil. Le dice a O'Dogan que olvidó darle un paquete de mi parte.

Destruye el envoltorio y libera al perezoso. O'Dogan mira al animal sin entender lo que ve, y no reacciona al ataque.

La garra atraviesa el pantalón y se clava en el muslo de mi asistente.

O'Dogan se deshace en ofrecimientos: hospital, enfermera nocturna. Él mismo puede curarlo.

Mi asistente lo hace retroceder de un empujón. Desengancha la garra de la pierna, se apoya en la panza del animal y lo hunde en el baúl. Cierra y anuncia la partida con un grito.

Es posible que O'Dogan pregunte por el paquete de mi parte, porque mueve los labios y señala el baúl con cara de haber perdido todo interés en el estado de mi asistente, pero el sonido no está. Mi asistente lo despide con un apretón de manos firme de más y se mete en el automóvil.

En él la infección es más veloz. Cuando llegan a la finca la herida ya coaguló y tiene fiebre.

Cruzan el arco de entrada sin terminar. La línea de árboles que avanza hacia adentro entre el yuyal marca el sendero borrado. Acá no entró nadie en meses. El arquitecto mintió sobre el avance de la obra. Por suerte ya no importa. Admitamos que el proyecto adornadísimo que se aprobó en el Comité tenía todos los problemas de una decisión tomada por consenso.

Bordean el cerro, se pierden. Paran.

Mi asistente sufre por no haber previsto un machete, pero es su oportunidad de demostrar quién manda. Les dice a los custodios que se queden en el camión, por el frío, y se interna con un farolito en un yuyal que llega a la cintura. La fiebre lo hace temerario. A unos metros ve que es mejor apagar el farol porque hay luz de luna.

La casa está cubierta de andamios. La mitad de la fachada sigue siendo danesa, la otra ya tiene almohadillado, ornatos y mansarda francesa, pero falta la herrería de los balcones del primer piso.

Entra a la casa a oscuras. Acá también escucha el grito de mamá en el Teatro Colón. En este caso no entiendo qué relación hay entre la oscuridad de la casa y el reflujo del trauma.

Activa la llave de luz. Encuentra mis muebles acumulados en la recepción, cubiertos de polvo de yeso y hojas secas. En el polvo ve huellas de ratas y palomas. Para él son un signo dibujado a dedo.

Se aventura en la parte trasera buscando el jardín de aclimatación provisoria. Hay un galpón con el techo hundido.

Hace entrar a todos a la casa.

Quejas por el frío.

Manda a poner a los indios en cuartos separados para hombres y mujeres, bajo llave. Pide que los custodios vigilen los cuartos sin dormir, al menos por esta noche. Mañana va a repartir horarios de vigilia y descanso.

Las mucamas lo siguen con alcohol y gasas para sanarle la pierna. Finalmente se deja curar en una escalera. No lo hacen por deber, sino para insistir con el tema de los cuartos separados para cada una. Espera a la primera que saca el tema y les grita a voz en cuello que son una mierda.

Falta entrar el cascarón. El automóvil está a unos veinte

metros de la casa, donde empieza el bosque. Se pone el saco y sale.

Cree que el frío en la cara le alivia la fiebre, pero tambalea y desconfía del pasto crecido. Cuando abre el auto siente el olor de los cuerpos viajados y mis propios olores. Busca las llaves del baúl en la guantera, las toma y al subir ve en el retrovisor a los indios sentados en los balcones sin baranda de la casona a oscuras.

Piensa en qué haría yo. En ese pensamiento yo soy más viejo de lo que soy y estoy tieso como una pieza de ajedrez, vestido para una gala. Consulta con ese fantoche sus alternativas de acción.

Correr a la casa. Rogarles a los indios que entren y se encierren. Que entiendan que es un ruego, no una amenaza. Llamar a los custodios. Despedir mañana a los custodios. Echarles la culpa a las mucamas.

En un tono frívolo el fantoche le responde a todo que no.

Los indios están quietos. Nada indica que quieran saltar. No hay que asustarlos. Primero va a entrar el cascarón a la casa, después verá qué hacer.

El fantoche aplaude esta decisión.

Abre el baúl. Ve que trabó mal el cascarón. El perezoso le salta encima.

Cae de espaldas al barro, abrazado al animal. Siente las garras buscando el punto blando. Lo expulsa con manos y piernas.

El animal sube en línea recta, se despliega, lo mira desde el cielo y cae otra vez sobre él.

Quiere dejarse lastimar un poco. Hacerse curar por las mucamas y los custodios. Dar órdenes desde la cama. Sanar y fingirse enfermo para dar órdenes desde la cama.

El perezoso le arranca una tetilla.

Gira y se tira con todo su peso sobre el animal. Si quiere puede asfixiarlo o romperle las costillas.

Mi fantoche le pide que no lo haga. Le hace caso.

Se levanta y mira al perezoso hundido en el barro. Por suerte la tetilla quedó atrapada en la tela de la camisa. La desprende y la conserva en la mano.

El perezoso se contrae como un caracol en sal. Grita y vibra. Grita y vibra.

Se ve rodeado por los indios. Todos, hasta los más chicos. La aparición es tan veloz que no consigue gritar.

Lo tiran al barro y lo arrastran al bosque.

Le quitan los pantalones. Quieren ver las heridas.

Él cree que hay interés en violarlo. El miedo a que lo violen le anticipa en el cuerpo el dolor de la penetración. Ese dato del recuerdo se suma al placer del evento con otro orgasmo.

Le miran el cuerpo lastimado. La más joven se para sobre él y susurra algo que no puedo traducir exactamente. Reconozco las palabras pero no entiendo cómo ensamblar la idea: una membrana entre los dedos, no hacer nada por un día, un objeto recto de metal que se inserta en madera (pero ellos no conocen el metal), la acción de frotarse los ojos, y la acción de toser. Para él es una maldición.

Lo dejan ahí y se dispersan para encontrar al perezoso imitándole el grito.

La prioridad de volver a la casa a curarse se obtura de datos menores que le prohíben dejar verse sin pantalones y sin los indios. La vergüenza pasa a ser más intolerable que morir de una infección.

Mi fantoche asiente y se disuelve.

Se levanta, esquiva la casa y sigue una media hora por el descampado hacia los cerros. No se cansa. No pierde el aliento.

Llega a la cantera. Ahí lo toma el evento.

Eso fue todo lo que recordó voluntariamente para mí.

Con el pobre quieto en la cantera el presente se hizo menos atractivo que el recuerdo que me dio, y más triste, porque creía que se estaba muriendo.

Pasamos un rato sin hacer nada.

Noté que el dolor de la lengua mordida por el frío no era continuamente intenso y que por momentos el dolor era solo de él.

De pronto se fue el frío.

Después las emociones de él se apartaron de las mías.

Con la india el evento paró de golpe y fue un desprendimiento completo. Lo que fuimos juntos quedó segregado. Con mi asistente fue distinto. La información se fue apagando en bloques, pero no del todo. Contra estos vacíos, el recitado que hacía de las cosas me taladró la cabeza con oraciones cada vez más descriptivas sobre la noche y animales posibles.

Al rato el recitado también se fue. Estábamos casi sueltos.

No había modo de saber qué pensaba ni sentía, nada. El único enlace era información visual y dependía de que él mantuviera los ojos abiertos. Cuando los cerraba yo quedaba completamente de mi lado, pero al abrirlos la imagen volvía.

No entiendo lo que sigue, pero es lo más importante.

Retenga lo que sigue como lo más importante.

Mi asistente se levantó. Bajó lento entre las piedras, menos torpe de lo que yo esperaba. Vio la huella que dejó en su corrida por el yuyal. La retomó.

Pasó de largo la casa, que estaba a oscuras, y caminó por la huella hasta la salida. Llegó a la ruta.

Hasta la ciudad son unos tres kilómetros. Fuimos mirando el paisaje. Él fue mirando el paisaje.

Entre los cerros vio la torre de la iglesia.

Llegó a la plaza principal. La ciudad era Tandil, y era una ciudad, no el fruto de una consciencia alterada, ni un sueño, ni un recuerdo ajeno. Pero no era la que usted y yo conocemos. Casi lo era, pero no.

Estaba todo cerrado, menos el cafecito pituco al que usted y yo fuimos tantas veces.

Adentro el lugar era un asco. En las mesas del fondo había

tres clientes. Faltaba la boiserie y los muebles eran otros. La decoración estaba como arrancada.

Se sentó junto a la ventana.

Lo atendió un gordo en camiseta. Parecía ruso, recién bajado del barco. Mi asistente pidió algo haciendo un círculo en el aire con el dedo.

El ruso abrió un menú y le mostró un conjunto de círculos hechos a mano alzada, cada uno con su precio.

Mi asistente indicó uno que valía cuatro pesos.

El ruso se inclinó y desplegó una cánula de goma que salía de abajo de la mesa y terminaba en una rosca de metal. Mojó la rosca con un rociador que sacó del bolsillo y la sopló para que secara.

Mi asistente se arremangó, tomó la cánula y la enroscó en un orificio con bordes como de porcelana que tenía en el brazo, justo encima de la muñeca. Alcancé a ver que los otros clientes también estaban conectados a una cánula, y que el ruso tenía en el dorso de su mano un orificio con bordes de porcelana igual al suyo.

La cánula se infló y el contenido entró al cuerpo de mi asistente, que vibró. Después se puso a revisar unos papeles membretados con mi nombre.

ANEXO

COMISIÓN DE TELEPATÍA NACIONAL
Buenos Aires. 1948

Conjunto mnésico prearticulado para instrucción temprana. MN203-42. Asociación sugerida con MN194 y MN196-42.

La ajenista conoce y sabe que su tarea no es atolondrarse creando metáforas para describir la experiencia, porque esas metáforas ya fueron seleccionadas con criterio por Thibaud en la elaboración del protocolo narrativo; sépase, como ejemplo básico, que "evento" se reemplazó por "salto", evocando el salto de una persona a otra en el acto telepático, pero se descartó cuando identificamos que con dos ataques sucesivos del perezoso el "salto" no se da entre dos personas sino entre este mundo y otro muy parecido al nuestro, que cuenta con nuestros símiles, versiones de mí y de ustedes, que nos reciben en su mirada sin saberlo.

Cuando es entre personas distintas lo llamamos intrusión. Entre dos versiones de la misma persona, paraintrusión.

Otras metáforas descartadas: la ciudad contigua, la de las cánulas y los perforados, no está separada de la nuestra por una membrana, ni es anverso o reverso de ningún papel.

Por su bienestar personal la ajenista conoce y sabe que la ciudad contigua, en este caso Baires, es un espacio situable, de existencia comprobada, con el que mantenemos un enlace escópico unilateral por medio de paraintrusión. Baires no es ilusoria, no es la figuración de una consciencia alterada, como dijo Dam en su intrusión pionera, no la producen los fármacos ni las condiciones del protocolo Thibaud. No es un mundo referido en un libro sagrado, no es un sueño.

Es sencillo y hasta biológicamente dado percibir a Baires como irreal porque según sabemos coincide en el setenta y dos por ciento de los edificios y paseos públicos, y tiene un sesenta y cuatro por ciento de replicación de ciudadanos, de los que solo un tercio corresponde a los casos de coincidencia especular o replicación completa y el resto a coincidencias parciales de niveles A, sosías, y B, cuasiparecidos o casos dudosos. La confusión resulta de la hostilidad continua del parecido.

PRESIDENTE DE LA NACIÓN
Buenos Aires. 1951

Del Presidente de la Nación a la Suboficina de Desarrollo Urbano.

No creo que nacer y crecer en un sitio imponga la condena de una mirada única del mundo, ni que la tierra o la cartografía del estado sean la cárcel de una identidad, ni que en las palabras *porteño*, *peruano* o *canadiense* haya un adoquín que nos doblegue la mano con su peso. No creo en la eficacia de un mismo sombrero continuo para todas las cabezas que buscan resguardo del sol. La pertenencia a un sitio y a una cultura no tiene el valor de un sino trágico, sino la inconstancia de un romance que puede o no convertirse en amor. Es por esta inconstancia que en las ciudades y en los pueblos proliferan los símbolos deliberados del apego.

En Buenos Aires Prebisch usó la forma más neutra de los hitos conmemorativos, la del monolito estilizado en obelisco, y produjo una pieza hueca de sentido para que los porteños la simbolicen a capricho y sirva de cincha para las identidades golondrina.

A casi veinte años del Obelisco, urge la construcción de un hito urbano contemporáneo que opere en la clase media urbana, nuestro electorado más reacio y menos sensible al destino de las clases oprimidas, por medio de una prédica de soberanía igualitaria.

No un monumento. Un edificio en uso, en movimiento continuo. Con viviendas, oficinas, salas de reunión social, una imprenta, una editorial, biblioteca pública, una estación de radio, un canal de televisión equipado con la mejor tecnología disponible, y un búnker antinuclear para poner a salvo la vida de los jefes de Estado del país.

El edificio ha de difundir en función, aspecto y materia una prédica que ponga al ciudadano en contacto con los valores de la doctrina del Movimiento y modele para bien sus recorridos, su conducta y sus emblemas.

El edificio debe también actuar como discusión y superación dialéctica de la trama predicativa puntuada por otros edificios en la conciencia ciudadana.

Mandé a evaluar cuatro diferentes emplazamientos en virtud del potencial predicativo del Nuevo Edificio y su cercanía o lejanía de otros edificios de predicación enemiga, amiga o neutra:

Un lote vacío como remate de la Avenida de Mayo, frente al Congreso de la Nación.

Un lote contiguo al edificio de la Confederación General del Trabajo y la Fundación Eva Perón, en el Bajo.

Un lote sobre la Avenida 9 de Julio.

Un lote en el área portuaria de Las Catalinas, unido por sus fondos a la Editorial Alea.

No considero conveniente la compra del lote sobre Avenida de Mayo, porque el Movimiento ya instaló de hecho su prédica al convertir una avenida aristocrática en paseo ceremonial de los trabajadores, y porque el Nuevo Edificio plantearía confrontación aérea con la cúpula y faro del Palacio Barolo (1923), rascacielos vocero de los valores más intrascendentes del Centenario nacional, de prédica menguante (el faro dejó de usarse hace veinte años), que no representa amenaza u obstáculo para la difusión de la doctrina, y al que el ciudadano percibe con cariño como una bijouterie fuera de escala.

No considero conveniente la compra del lote en el Bajo, porque el Movimiento ya instaló de hecho su prédica en la zona al sustituir con éxito el nombre del primer edificio en altura de la ciudad, el Railway Building (1910), imagen del capital inglés sobre la Avenida Paseo Colón, por Edificio de Ferrocarriles Argentinos, como efecto de la nacionalización de las vías férreas impulsada por esta administración; y porque la escala del Nuevo Edificio entraría en conflicto con el Edificio Libertador (1943) y restaría prestancia a la Fundación Eva Perón, del mismo modo en que la Fundación lo hizo con el edificio contiguo de la Confederación General del Trabajo, recientemente terminado, que critico como el punto más débil de la trama predicativa del Movimiento, no solo por su emplazamiento por fuera de los recorridos centrales del ciudadano sino también por su aspecto de rascacielos enano y pueblerino que añade a la noble idea del Trabajo Organizado un matiz de afectación cosmopolita.

No considero conveniente la compra del lote sobre la Avenida 9 de Julio, que el sentido común elegiría a ciegas como emplazamiento ideal del Nuevo Edificio, porque entraría en competencia con un hito preexistente, el Ministerio de Obras Públicas (1936), sobre el cual el

Movimiento ya ejerció una sustitución en el imaginario ciudadano por haber sido escenario de numerosos actos de gobierno.

Recomiendo la compra del lote del área portuaria de las Catalinas a fin de emplazar el Nuevo Edificio como primera vista desde el río en un área gobernada por otros cuatro edificios que rompen la línea aérea de la ciudad: Safico y Comega, señas visibles del mercado internacional, Mihanovich, supuración del dinero naviero, y Kavanagh, del dinero agropecuario.

Safico (Sociedad Anónima, Financiera y Comercial, 1934) es un objeto moderno, terso, con remate telescópico y silueta de templo maya. Fue postal privilegiada de la ciudad en los años treinta. Para la clase media urbana es una imagen natural del progreso, y viene asociada con otras representaciones visuales como la destrucción de la calle Corrientes o la construcción del ya mencionado Obelisco.

Comega (Compañía Mercantil y Ganadera S.A., 1933) es un edificio alemán revestido en mármol travertino y acero inoxidable. También fue objeto de postales; la más conocida, la del sobrevuelo del Graf Zeppelin. La clase media urbana lo asocia con la eficiencia técnica, como secuela perenne de la campaña publicitaria que la empresa constructora hizo del edificio y sus ascensores de alta velocidad hace veinte años.

Mihanovich (1918) es una torre de remate palaciego construida por el empresario Nicolás Mihanovich para controlar la entrada y salida de su flota del puerto y reprimir desde el cielo cualquier insurrección. Su prédica es la de menor alcance del conjunto, por estar emplazada en una calle lateral, sin perspectiva, pero su silueta todavía domina el perfil de la ciudad desde el río y no hay que menospreciar su efecto en la ciudadanía nostálgica de tiempos anteriores a la doctrina.

Kavanagh (1936) no es el resultado azaroso de una sigla sino un apellido ganadero grabado en el único edificio de los cuatro con estatura de hito internacional, la imagen al mundo de la arquitectura argentina. Su prédica trabaja con el imaginario de ascenso social más primario, de inspiración mágica: "Si gano la lotería me mudo al Kavanagh". En la narrativa de los periódicos y los folletos de turismo nacionales se lo llamó "proa altiva de la ciudad", "emblema metropolitano" y "faro de modernidad nacional". Se lo menciona en treinta y dos novelas publicadas entre 1936 y 1950, veintinueve de género policial (en cuatro el edificio es escena de un crimen), tres novelas románticas y una novela "experimental" de tema erótico (*Te erizas en el secreto húmedo del llano).* Su emplazamiento en un lote triangular y en declive lo hace especial por denunciar la monotonía del resto de la grilla, y por la novedad continua de sus tres fachadas.

En cuenta de esta trama preexistente, sería razonable destacar y diferenciar el Nuevo Edificio con un diseño sin antecedentes en la ciudad, pero eso implicaría romper un orden que el ciudadano ya conoce. Por tal motivo, sugiero:

Que las formas del Nuevo Edificio sigan la geometría recta del Comega y el Safico, cerrando una tríada que se avenga a las figuraciones del mercado internacional.

Que se oponga con fachada lisa y blanca al ornato de crema chantilly típico de la concentración de capitales que decora al Mihanovich.

Que del Kavanagh tome la idea de una fachada múltiple y se resuelva en una planta potencialmente triangular. Que se asocie con el edificio de la Editorial Alea, en el lote posterior, favoreciendo un diseño escalonado de zigurat con perspectiva desde el Río de la Plata.

Que sus materiales sean nobles y su porte el de una pieza urbana del Estado. Durable. La afloración maciza de una nueva inteligencia política.

Que sea el más alto de Argentina, no de Sudamérica ni de la América toda: la propensión al gran tamaño es banalidad de los imperios. Que el dato de su altura lo convierta en referencia visual para la prensa nacional y extranjera. Ciento cincuenta metros coronados por una antena de telecomunicaciones en el perfil de Buenos Aires, como gesto actual y sudamericano.

Que abajo la ciudad europea pase a ser el rastro de una época desigual.

EXCELENTÍSIMO PRESIDENTE PROVISIONAL DE LA NACIÓN

Buenos Aires. 5 de marzo de 1956

Prohibición de elementos de afirmación ideológica o de propaganda peronista.

Visto el decreto 3855/55 (6) por el cual se disuelve el Partido Peronista en sus dos ramas en virtud de su desempeño y vocación liberticida, y

Considerando: que en su existencia política el Partido Peronista, actuando como instrumento del régimen depuesto, se valió de una intensa propaganda destinada a engañar la conciencia ciudadana para lo cual creó imágenes, símbolos, signos y expresiones significativas, doctrinas, artículos y obras artísticas:

Que dichos objetos, que tuvieron por fin la difusión de una doctrina y una posición política que ofende el sentimiento democrático del pueblo Argentino, constituyen para este una afrenta que es imprescindible borrar, porque recuerdan una época de escarnio y de dolor para la población del país y su utilización es motivo de perturbación de la paz interna de la Nación y una rémora para la consolidación de la armonía entre los Argentinos.

Que en el campo internacional también afecta el prestigio de nuestro país porque esas doctrinas y denominaciones simbólicas adoptadas por el régimen depuesto tuvieron el triste mérito de convertirse en sinónimo de las doctrinas y denominaciones similares utilizadas por grandes dictaduras de este siglo que el régimen depuesto consiguió parangonar.

Que tales fundamentos hacen indispensable la radical supresión de esos instrumentos o de otros análogos, y esas mismas razones imponen también la prohibición de su uso al ámbito de las marcas y denominaciones comerciales, donde también fueron registradas con fines publicitarios y donde su conservación no se justifica, atento al amplio campo que la fantasía brinda para la elección de insignias mercantiles.

Por ello, el Excmo. Presidente provisional de la Nación Argentina, en ejercicio del Poder Legislativo, decreta con fuerza de ley:

Art. 1°

Queda prohibida en todo el territorio de la Nación:

a) La utilización, con fines de afirmación ideológica peronista, efectuada públicamente, o propaganda peronista, por cualquier persona, ya se trate de individuos aislados o grupos de individuos, asociaciones, sindicatos, partidos políticos, sociedades, personas jurídicas públicas o privadas, de las imágenes, símbolos, signos, expresiones significativas, doctrinas, artículos y obras artísticas, que pretendan tal carácter o pudieran ser tenidas por alguien como tales pertenecientes o empleados por los individuos representativos u organismos del peronismo.

Se considerará especialmente violatoria de esta disposición la utilización de la fotografía, retrato o escultura de los funcionarios peronistas o sus parientes, el escudo y la bandera peronista, el nombre propio del presidente depuesto, el de sus parientes, las expresiones "peronismo", "peronista", "justicialismo", "justicialista", "tercera posición", la abreviatura PP, las fechas exaltadas por el régimen depuesto, las composiciones musicales "Marcha de los muchachos peronistas" y "Evita capitana" o fragmentos de las mismas, y los discursos del presidente depuesto o su esposa, o fragmentos de los mismos.

b) La utilización, por las personas y por los fines establecidos en el inciso anterior, de las imágenes, símbolos, signos, expresiones significativas, doctrina, artículos y obras artísticas que pretendan tal carácter o pudieran ser tenidas por alguien como tales creados o por crearse, que de alguna manera cupieran ser referidos a los individuos representativos, organismos o ideología del peronismo.

c) La reproducción por las personas y con los fines establecidos en el inciso a, mediante cualquier procedimiento, de las imágenes, símbolos y demás objetos señalados en los dos incisos anteriores.

Art. 2°

Las disposiciones del presente decreto-ley se declaran de orden público y en consecuencia no podrá alegarse contra ellas la existencia de derechos adquiridos. Caducan las marcas de industria, comercio y agricultura y las denominaciones comerciales o anexas, que consistan en las imágenes, símbolos y demás objetos señalados en los incisos a y b del artículo 1°.

Los ministerios respectivos dispondrán las medidas conducentes a la cancelación de tales registros.

Art. 3°

El que infrinja el presente decreto-ley será penado:

a) *Con prisión de treinta días a seis años y multa de m$n 500 a m$n 1.000.000;*

b) *Además, con inhabilitación absoluta por doble tiempo del de la condena para desempeñarse como funcionario público o dirigente político o gremial;*

c) *Además, con clausura por quince días, y en caso de reincidencia, clausura definitiva cuando se trate de empresas comerciales. Cuando la infracción sea imputable a una persona colectiva, la condena podrá llevar como pena accesoria la disolución.*

Art. 4°

Las sanciones del presente decreto-ley serán refrendadas por el Excmo. Señor Vicepresidente provisional de la Nación y por todos los señores ministros secretarios de Estado en acuerdo general.

Art. 5°

Comuníquese, dése a la Dirección General del Registro Nacional y archívese.

Aramburu. Rojas. Busso. Podestá Costa. Landaburu. Migone. Dell'Oro Maini. Martínez. Ygartúa. Mendiondo. Bonnet. Blanco. Mercier. Alsogaray. Llamazares. Alizón García. Ossorio Arana. Hartung. Krause.

LAS AJENISTAS
Buenos Aires. 1957

Nº D390-57. 19 de noviembre. Ajenista: Bárbara Botte. Ajenada: Lidia Oliden. Supervisión: Brigadier Pafundo, Doctor Steimberg. Taquigrafía: Juan José Cabelludo.

SECCIÓN A

Describo sesión según protocolo Thibaud.

Oliden entró a la cámara de intrusión por la fuerza en un estado de exaltación furiosa. Se la inmovilizó de pie con correa abdominal, sujetador de mandíbula y abrepiernas frontal. El funcionamiento del abrepiernas la hizo callar.

Yo estaba frente a ella en la misma posición y le guiñé el ojo para tranquilizarla. Le expliqué duración y propósito del procedimiento:

Recolección de datos que la incriminen o exculpen como agente de otra oficina de inteligencia, o seguidora de tendencias antiargentinas, o subversiva independiente.

Sesión intrusiva. Menos de dos horas. Nociones básicas del ajenismo.

Protocolos y normas de conducta Thibaud para el trabajo en Comisión.

Aceptación de condiciones y características del trabajo bajo secreto de Estado.

Incorporación forzosa y provisional al cuerpo de ajenistas de la Comisión de Telepatía Nacional.

Para que viera que todo estaba bien me calcé el sujetador de mandíbula y quedamos iguales.

Se le extrajo sangre y se inyectó la sangre en el perezoso número ocho.

La intrusión inició a las 19:04 horas.

En fase preparativa, Oliden recibió de mí un conjunto mnésico de bloqueo con los siguientes recuerdos de mi pertenencia:

Viaje accidentado a Sunchales, encuentro directo con vacas en la ruta, caricias a las vacas.

Tejido de un tapiz decorativo a lo largo de una tarde. Cocción de un peceto.

Oliden se calmó. En simultáneo recibí su conjunto mnésico inarticulado del que surge la información entregada en este informe en sección b.

En primera fase de intrusión la ajenada presentó confusión visual, mareos y náuseas. Las ajenistas ya referimos en informes anteriores el problema de intrusar en un mismo cuarto. Es más fácil recibir información de dos sitios diferentes que de un mismo sitio visto por dos personas a corta distancia. Sugerimos que al menos el cuarto se pinte a la mitad con dos colores bien diferenciados, como referencia.

La segunda fase se vio alterada por el dolor físico de la correa abdominal y la apertura excesiva de las piernas.

Las ajenistas ya referimos al doctor Steimberg que esto es innecesario porque nadie logra en primera sesión la movilidad vaginal requerida para la genífrasis. Esperamos que se tome en cuenta en sesiones por venir.

Al cierre de la intrusión la ajenada presentó signos de cansancio causado por el placer y requirió atención médica. Se la estabilizó.

SECCIÓN B

Lidia Oliden, 27 años, argentina, nacida en la ciudad de Buenos Aires. Nivel terciario completo en el Conservatorio Nacional de Música. Curso de dactilografía y lectura veloz en Instituto Ilvem. Profesora particular de piano sin clientes desde hace un año. Ex empleada de la tienda Harrods, despedida por presunción de robo.

Como resultado de este informe, el brigadier Pafundo y el doctor Steimberg eximen provisionalmente a la ajenada de responsabilidad sobre la filtración pública de la localización de esta oficina por medio de un anuncio falso en el diario *La Nación*. Se recomienda seguimiento semanal hasta corroborar su inocencia.

En consideración de esta primera experiencia intrusiva no es posible liberarla sin poner en riesgo la seguridad de esta oficina. Se la integra en el día de la fecha al cuerpo de ajenistas.

SECCIÓN C

Antecedente: Oliden se presentó como aspirante a empleada de la Comisión por un aviso falso que divulgó la dirección de esta oficina y la expuso a visitas espontáneas que podrían ser fachada de una filtración o un atentado.

Se dispuso su arresto por faltar su nombre en la lista oficial de aspirantes.

Describo información obtenida en la intrusión por retrogradación mnésica, según orden de prioridad Thibaud.

Pasó los últimos seis meses del corriente año como empleada en el quinto piso de Harrods, de lunes a domingo y en feriados nacionales, de catorce a veintidós. Vendía accesorios para la mujer.

Cinco minutos antes del cierre, López, encargado del piso, reunió a las empleadas y les presentó un paraguas de industria nacional, marca Mademoiselle, de una colección que reeditaba diseños de la década del treinta. Les enseñó cómo venderlo como un objeto de lujo. Las varillas internas eran de caoba torneada y se curvaban como las ramas de un árbol de estampa japonesa. Venía en cuatro colores de buen gusto. La tela era la más impermeable del mercado y podía soportar más de media hora de exposición continua al agua sin gotear por dentro como un paraguas común. Ellas debían sugerirles a los clientes que grabaran sus iniciales en la base del paraguas. El servicio de grabado lo ofrecía Harrods y se hacía por encargo en un plazo de dos a tres días.

Oliden vio que López hablaba mirándola fijo. Lo interrumpió para preguntarle por qué. López explicó que la miraba porque al hablar en público conviene mirar a alguien que sea como la cara de todos, y que era difícil no mirarla, por motivos obvios. Algunas empleadas se rieron con el comentario.

Al otro día robaron un paraguas Mademoiselle en la sección de Oliden. El señor López mandó a traer un banquito para estar a la misma altura que ella y dijo que desde ahí se veía todo el salón, y que era imposible que ella no viera el robo. La acusó de cómplice.

Oliden le pegó un cachetazo y lo hizo caer del banquito.

Saludó a sus compañeras. Retiró cosas de su casillero: un peine de carey y un collar de perlas falsas que compró en la tienda con el descuento para empleadas.

Volvió a su casa. Vive con su padre en un departamento de tres cuartos en la mansarda del edificio Femenil, sobre la Avenida Rivadavia. El padre es veterinario de perros de la Capital. No le contó que la habían despedido.

Mientras cenaban el padre hizo un relato detallado sobre cómo se logró reducir el tamaño de los perros pomerania de medianos a miniatura en menos de un siglo.

De esa cena obtuve:

Ninguno cree en Dios. Ella, por lealtad a un abuelo anarquista que no conoció. Él, según ella, por modorra espiritual. No tienen interés por ninguna doctrina antipatriótica. No saben nada, ni siquiera por vía de ese abuelo, de comunismo ni anarquismo, ni tienen opinión formada sobre el peronismo.

Los siguientes tres días Oliden fingió ir a la tienda y revisó los diarios en busca de trabajo en un bar a dos cuadras de su casa.

Esta mañana encontró el aviso en el diario *La Nación*.

Edificio Alas (ex Atlas), Secretaría de Aeronáutica. Se busca señorita muy especial entre 25 y 35 años, soltera, dactilografía. Presentarse el día miércoles 3 de abril entre las 8:00 y las 12:00 hs. en Avenida Alem 719, piso 37, oficina 9.

Por un problema de tranvías llegó a último minuto. Al cruzar Alem vio a una chica con el mentón muy pronunciado y a una albina que llevaba los mismos zapatos que ella. Le pareció que por "especiales" (Oliden es muy alta) las tres encajaban en los requerimientos del equipo. Las siguió hasta el edificio y subió con ellas al ascensor.

La albina era Elsa Letelier, sobrina del vicecomodoro Letelier, incorporada hoy a la Comisión. La del mentón era Ángeles Aguirre, recomendada por el doctor Steimberg, incorporada hace un mes a la Comisión.

En el ascensor Oliden les preguntó si sabían en qué consistía el trabajo. A ellas les resultó extraño que no supiera nada. Oliden explicó que acababa de ver el aviso en el diario. Letelier se rio temblorosa durante unos seis o siete segundos, demasiado para un intercambio entre desconocidas. Por este motivo Oliden concluyó en subrutina peridescriptiva que la albina era una chica de clase media alta. Conoció a muchas clientas como ella. Sus madres les enseñan a reírse así. Compran ropa interior blanca.

La ropa interior blanca en el cajón de una cómoda anónima se asoció con la de sus propios cajones y vio que había olvidado su libreta cívica y la constancia del curso Ilvem de dactilografía.

En el piso nueve entró el brigadier Pafundo de civil, engominado y en traje entallado de tweed. Oliden le retiró la mirada y se arqueó como si la golpearan. Le pasa a menudo con la belleza.

Al cerrarse las puertas el aroma concentrado de la gomina del Brigadier tomó el ascensor y provocó en Oliden un efecto de retracción libidinal.

Pafundo la señaló con el dedo y le preguntó quién era. Antes que Oliden pudiera responder, se lo preguntó a Ángeles Aguirre, que dijo que no la conocía.

Pafundo le pidió documentos y ella dijo que los había olvidado.

Llegaron al piso treinta y siete.

El Brigadier y Ángeles Aguirre redujeron a Oliden y la trajeron a la cámara de intrusión. La obligaron a sentarse frente a la ventana a mirar la ciudad cubierta por el humo de los incineradores hasta que estuve lista.

Oliden sufrió baja de presión y raptos de llanto. Las ajenistas ya referimos en numerosas ocasiones que los interrogatorios ofrecen información más clara cuando el ajenado está calmo. El arresto pudo haber sido menos violento.

SECCIÓN D

Conjunto mnésico de presentación y bienvenida. Se reproduce acto inaugural del doctor Steimberg, julio de 1956.

Las ajenistas sugerimos en numerosas ocasiones al doctor Steimberg que este recuerdo sea reemplazado por otro que incluya las nuevas reglamentaciones del último año.

Bienvenidas. Si reciben esta información es porque aceptaron ser parte de este protocolo experimental y porque respondieron por escrito las siguientes preguntas: ¿Sufre usted alguna enfermedad cardiovascular? ¿Consume o se le ha prescripto alguna medicina psiquiátrica? ¿Forma usted parte de alguna agrupación política? ¿Sufre usted de alucinaciones visuales o sonoras? ¿Cree usted en Dios? ¿Se describe usted como una persona temerosa? ¿Sabe usted hacer uso de armas de fuego? ¿Maneja automóvil? De sus respuestas depende el rol que cumplirán en el cuerpo de ajenistas y el sector de la oficina que deberán ocupar.

La tasa de defectos del protocolo es baja y el peligro existe en mínima proporción. Trastornos de la conducta, y otros. En general es suficiente la revisión quincenal con el neurólogo de la Comisión para mantenerse estable. La visita al neurólogo es obligatoria. Su consultorio está en el piso treinta y dos.

La ajenista principiante realiza intrusiones de importancia para la seguridad ciudadana y la inteligencia nacional. La ajenista avanzada realiza tareas paraintrusivas de mayor complejidad. El cuerpo de ajenistas está al servicio de la Comisión de Telepatía Nacional, dependiente de la Secretaría de Aeronáutica. Las tareas revisten condición de Secreto de Estado.

Las ajenistas avanzadas pueden llevar una vida por fuera del edificio. Las principiantes viven en el piso treinta y cinco, y se les permite visitar parientes o amigos dos veces al mes, sin cruzar el límite de la Capital Federal. Frente a ellos es condición asumir una identidad falsa acordada entre la Comisión y la ajenista.

El doctor Hilario Thibaud fundó la Comisión de Telepatía Nacional en 1937, bajo el nombre provisorio de "Comité Intrusivo Segundo Jorge Dam", en honor al padre del principal impulsor del emprendimiento, Amado Dam, el ajenado pionero.

Al morir Dam de una infección en 1939, Thibaud la refundó con su nombre actual y pasó a depender del Estado como agencia secreta. Operó en oficinas del Railway Building, a metros de la Casa Rosada, hasta que Perón nacionalizó el sistema ferroviario y lo renombró Edificio de Ferrocarriles Argentinos. En manos del tirano la Comisión estuvo a punto de perder sus oficinas y realizar tareas públicas bajo la exigencia ridícula de "acercarla al pueblo". Gracias a nuestra colaboración con las Fuerzas Armadas se pudo dar fin al mandato del tirano.

A modo de retribución el actual gobierno expropió este edificio, bastión y símbolo del "progreso peronista", en favor de la Secretaría de Aeronáutica, y se cambió el acrónimo "ATLAS", Agrupación de Trabajadores Latinoamericanos Sociedad Anónima, por ALAS, en honor a los héroes que bombardearon la Plaza de Mayo por la libertad del país. La T de ATLAS se volvió secreta, como metáfora del funcionamiento de la Comisión de Telepatía Nacional en las nuevas oficinas.

Por estos motivos el edificio despierta la nostalgia del peronismo proscripto.

Todo curioso que busque entrar bajo pretexto de fotografiar el edificio más alto de la ciudad es un sospechoso.

Cualquier intrusión no programada debe ser entendida como un ataque. Se entrena a las ajenistas en la producción de conjuntos mnésicos o recuerdos prearticulados en serie que bloquean el acceso a información sensible en la primera fase de la intrusión.

No existe un bloqueo satisfactorio para la segunda fase. El protocolo demanda sedación inmediata. La ajenista debe llevar consigo jeringuilla y sedante como el policía que porta un arma reglamentaria.

Este objeto de estudio que colonizamos a diario produce sus propios términos descriptivos y contamos con un amplio vocabulario ad hoc para referirlo de un modo exacto. La ajenista debe conocer y usar esos términos sin error.

Nº D422-57. 12 de diciembre. Ajenista: Bárbara Botte. Ajenada: Lidia Oliden. Supervisión: Brigadier Pafundo, Doctor Steimberg. Taquigrafía: Juan José Cabelludo.

Seleccioné para Oliden tres recuerdos suyos que podrían servir como conjunto mnésico de bloqueo:

Práctica de solfeo con un niño de Caballito por la mañana.
Comparación del peso de un sombrero y un maletín. Los siente iguales. Ya le pasó otra vez con un lápiz y una taza.
Ocho minutos de elogios de su padre a la red cloacal inglesa de la ciudad de Buenos Aires.

Logró insertar el solfeo en primera fase en dos sesiones consecutivas, pero los otros dos no terminaron de componerse y dejaron al descubierto enlaces perilógicos que conducían a recuerdos de su vida actual en el edificio.

Por esta deficiencia el doctor Steimberg resolvió continuar entrenamiento y no promover a la ajenada a tareas de intrusión profesional.

Nº D590-57. 22 de diciembre. Ajenista: Bárbara Botte. Ajenadas: Lidia Oliden, Elsa Letelier, Ángeles Aguirre. Supervisión: Brigadier Pafundo, Doctor Steimberg. Taquigrafía: Juan José Cabelludo.

SECCIÓN A

Describo sesión según protocolo Thibaud. Rutina de prioridad de enlace: hechos y/o información de nivel tres.

Antecedente: por protocolo Thibaud de amenaza y rastreo se dispuso intrusión en tríos simultáneos para confirmar o descartar complicidad del cuerpo de ajenistas en la publicación del aviso falso en el diario *La Nación*. La sesión de este informe incluyó a las ajenistas Elsa Letelier (N1), Ángeles Aguirre (N3) y Lidia Oliden (Entrenamiento).

En primera fase Letelier aisló un recuerdo en el que Aguirre dictaba los datos del aviso por genífrasis a la empleada de limpieza Nilda Ordóñez, que ordenaba el cuarto mientras Aguirre fingía depilarse con las piernas muy abiertas.

Descubierta, Aguirre intentó fugar de la cámara y arrojó todo tipo de objetos contra el brigadier Pafundo y el doctor Steimberg. Lograron reducirla, pero en el forcejeo Pafundo resbaló contra la cápsula del perezoso número doce y la rompió en la caída. El perezoso salió de entre los vidrios y se deslizó por el piso hasta llegar a los pies de Lidia Oliden, que aprovechó el momento para alzar al animal. Amenazó con asfixiarlo si no la dejaban salir.

El perezoso giró y lastimó a Oliden en pecho y vientre. Por este motivo Oliden quedó expuesta conmigo a una paraintrusión no programada, al igual que Letelier.

Ambas tuvieron que ser asistidas con oxígeno durante la sesión.

SECCIÓN B

Describo episodio paraintrusivo. Sin dato nuevo sobre perforaciones, porcelana y perforados. Nuevo dato: nylon. Se confirma hipótesis de informes paraintrusivos O132/45/77-57: Baires ocurre a 34 días de distancia en el pasado. El presente paraintrusivo corresponde al día anterior del despido de Oliden de las tiendas Harrods.

Atiende la sección de medias. Abre y estira un par de nylon frente a tres clientas. Por lo extremo del estiramiento y la atención que ponen las clientas pareciera que el material se presenta como una novedad. Realiza dos ventas de estas medias, en color negro y piel.

Desde el fondo del salón llega el señor López, encargado del piso, (replicación completa a confirmar), que arría a las empleadas a una sala de servicio.

Antes de comenzar la reunión, López y algunas empleadas toman cánulas de un tablero de uso general, las conectan a sus respectivos orificios de porcelana y vibran. López manipula un paraguas idéntico al referido Mademoiselle en informe *Nº D390-57*. En este caso la etiqueta dice Señorita. Lo abre, lo cierra, muestra y explica el mecanismo de apertura.

Ella advierte que López habla mirándola fijo. Lo interrumpe y le pregunta por qué. López le dice que al hablar en público conviene mirar a alguien que sea como la cara de todos.

Buenos Aires, 2020

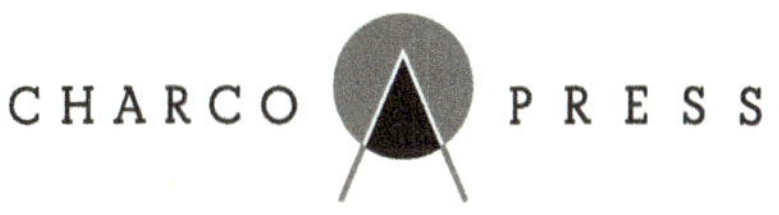

Directora editorial: Carolina Orloff
Editor y coordinador: Samuel McDowell

www.charcopress.com

Para esta edición de *La telepatía nacional* se utilizó papel Munken Premium Crema de 80 gramos.

El texto se compuso en caracteres Bembo 11.5 e ITC Galliard.

Se terminó de imprimir en el mes de agosto de 2024 en TJ Books, Padstow, Cornwall, PL28 8RW, Reino Unido usando papel de origen responsable en térmimos medioambentales y pegamento ecológico.